極度吸睛

上台不冷場，重量級講師教你的精準說話課

曾培祐

—— 著 ——

推薦文

如果早點遇到《極度吸睛》

仙女老師 余懷瑾（企業講師、老師）

剛開始教書時，我滿懷熱情，常常備課到凌晨。天一亮，信心滿滿地到學校，想要把我熬夜整理的精華教給學生。鐘一響，走上台，學生迎向我的是睡不飽的臉，臉上寫著無奈與不感興趣，我只好放下要講的課文內容，先跟學生閒話家常，再不就是講幾個笑話。即使喚醒了學生，一翻開課本，讓我受挫的表情又出現了。我不死心，繼續想方設法，就是要喚起學生的注意力。如果當時有一本《極度吸睛》，至少可以減少十年摸索的時間，也能夠讓更多學生感受到學習的樂趣。

現在，教學與演講準備得豐富的師長們不會再像我以往一樣無助了，培祐把他聚焦在吸引觀眾注意的壓箱寶全寫出來，從開場、中段到結尾，如何讓觀眾無痛放下手機，把目光與心力專注地聽你說，總共五十二招上台的方法，持續你教學的熱情與動能，學生也因為你的課堂而豐收。

推薦文

讓聽者無痛專注的好用方法

林怡辰（閱讀推廣人）

每天面對二、三十位注意力只有十分鐘的小學生，又要進度又要效度，對小學老師來說，如何「吸睛」、「提升專注力」、「增進學習成效」是每日的日常。

因之，讀完培祐老師的《極度吸睛》，非常開心又多了很多提醒和想法，從開場吸睛十招、持續吸睛三十三招到結尾吸睛九招，緊扣聽眾或學習者的心理需求，無痛專注之外，還無痕提升學習成效。

許多方法在學習心理、日常也都經常使用，只是有時會因為貪求快速而捨近求遠。直接講述當然是最快速的「講完」，但面對學習，「慢慢來比較快」，在最後一章的吸睛陷阱中，培祐老師更提出重要的兩大提醒。

整本書讀來流暢，方法平實好用，除了怎麼統整融合在日常教學中，更不能錯過培祐老師同理設想學習者的學習困境，用大量時間備課思考活動流程和學習結合的用心，不管新手教學者、演說者、需要上台分享者，都推薦一讀！

推薦文

專業之外，還需要吸引力設計

孫治華（簡報實驗室創辦人）

在這一個知識經濟與社群的年代中，要是我們對自己有些要求，「個人品牌」一詞基本上已經成為每個人都要細細經營的一個方向了。而在個人品牌中其實有一個關鍵技巧是很多人忽略的，甚至可能使得好不容易經營起來的名號一瞬間就磨平了。

那個重要的技巧就是演講技巧，因為所有的個人品牌經營，都會回歸到「有天被人邀請到演講台上或是線上的直播節目」。這時候你會發現，上台了，才會知道台下的人有多不專心，演講就像是對著空氣講話，無人回應，沒有一個熱情的氛圍，本以為的職涯轉折突然暗淡下來。

也在這個時候你才會知道，演講除了專業能力之外，還要搭配另一個非常重要的技巧，才能完成一個良好的演出——對聽眾吸引力的設計。這就是大個老師最強的地方了。吸引力設計就是一個當下建立粉絲的能力，所有的知識都要搭配吸引力設計，才可以快速地走入聽眾的腦中，與其推進去聽眾的腦，為何不讓聽眾先產生想要聽的自主動力呢？

每位講師都會有自己的強項，而大個老師最擅長的能力之一就是演講中吸引力的設計，因為這幾年來，他教過無數的老師如何在課堂中建立學生對課程的好奇與熱忱，很開心今天他願意把這方面的技巧寫成這本《極度吸睛》，把他多年來的經驗化做故事、個案與大家分享。在閱讀這本書時，也多少回想起自己在擔任講師的路上，有很多技巧都在書中出現了。

我很喜歡因為挑戰或面對困難而產生的經驗，因為很實戰。大個老師的這本書就是這樣產生的，推薦任何一位可能會上台的分享者，都應該看看這本書中所使用的技巧與面對的挑戰，本書會協助大家不用到了當下才知道會遇到什麼問題，祝福各位讀者。

推薦文

創造屬於自己的吸睛方法

張忘形（溝通表達培訓師）

如果你也是個需要上台說話的人，我想有一些痛，你一定會懂。

我自己當講師當了六年，常常我要上台的時候，就有各種不同的狀況。例如大家彼此很熟識，整個現場很吵；又或是現場大家滑手機滑成一片，完全不想理你。

而我通常就在這樣的氣氛下開始，於是我一直思考，到底怎麼樣才能把我的專業講得更精彩，讓對方覺得超有收穫？然而事情跟我想的不一樣，我愈是認真講，台下的人反而愈不想聽。

後來我才發現，這個概念有點像電台。如果你沒有確定台下聽眾的頻率都調整在你這台，那麼他們其實完全聽不到你的內容，就算你加強電波，也只是增加收聽的雜訊。

當然，慢慢地我也抓到一些技巧，但有時候這些技巧有效，有時候又沒效。例如有時候開頭提問有效，有時候開場要做個活動才有效。但又會遇到提問沒人回應，或是活動讓場面尷尬。

而我後來剛好去上了培祐老師的課程，才發現如果我們一直用同一個活動穿插在不同的橋段，那麼對方也是會膩的。所以我們可以根據開頭、中段及結尾，採用不同的方式，達到不同的吸睛效果。

但我認為最重要的可能不是把這些活動帶好，而是去感受培祐老師在設定這個活動背後的深層意義。例如書中說到的開場吸睛，其實最重要的是讓對方可以「放下」。我記得有個古老的笑話，是問怎麼把一頭大象放進冰箱。答案是打開冰箱門，把大象放進去。那如果要放長頸鹿呢？要先打開冰箱門，把大象拿出來，再放進長頸鹿。同樣的道理，教室內的同學可能不是不願意聽你說，而是他還沒有結束他的上一個任務。因此，如果我們可以設定一個有效的方式，讓他放下上一段任務，他自然更願意投入到課程之中。

培祐老師也在書中設計了很多思考題，在看完某個技巧後，我深受這些思考題所吸引，進而躍躍欲試。整本書雖然是很硬的技能，但培祐老師用了許多吸睛技巧，希望讓我們記得。

因此，當我們能夠思考這些背後的關鍵，並且熟練每一個吸睛的技巧，相信你也一定可以創造出屬於自己的吸睛方法。只是如果你和我一樣，還在為到底怎麼樣讓學生的注意力集中在課堂上，我想這本書肯定能帶你找到方向！

推薦文

用吸睛直搗聽眾的感官世界

莊越翔（遊戲帶領專家）

好的講者，擅長把複雜的事說得簡單；專業的教學者，不但能把艱澀的知識說得容易理解，還能持續抓住聽眾的注意力。培祐就是抓住注意力的能手，從大型的校園講座到小型的教師研習，從不願意參與的企業內訓講到自掏腰包的公開課程，他累積了上千場豐富的教學經驗，面對不同的族群給予不同的吸睛策略，讓講師的專業不會因為聽眾分心而無止盡地浪費。

我從二〇一六年開始與培祐合開「即課吸睛」的課程，我們研究如何設計注意力教學，每次公開班課後討論，最佩服他的是不間斷產出新的吸睛招式，從開場到收尾，從架構到拆解，總能用不同的角度切入學員的感官世界，買下聽眾大腦的廣告時間。

這本《極度吸睛》集結了他這些年的教學吸睛策略，不論學生在什麼時間點分神了，你一定能找到某個篇章，再次點燃自己的教學手法，再次把聽眾的注意力找回來。

祝福你，吸睛順利。

推薦文

不是幻覺，是吸睛大法

許榮哲（華語首席故事教練）

眼前明明是一隻狗，但卻一直喵喵叫；
黃牛乳牛看多了，這次看到的是紫牛；
什麼都沒做，卻有豬八戒在告你的狀。
以上不是幻覺，而是意外的狗、顛覆的牛、故事的豬，
是專注力教練曾培祐教會我的極度吸睛法。

推薦文

你的授課不能只是很有料，更不能只是一場秀

陳志恆（諮商心理師、暢銷書作家）

培祐邀我幫他的新書寫推薦序，我覺得，我正是不二人選！

為什麼？因為我超會演講的呀！至今，我仍感謝我的父母，給了我兩項實用的天賦，讓我足以溫飽，一是演說，二是寫作（我的書也很受歡迎）。

然而，我並非一出生就口若懸河、辯才無礙的。

小時候，父母常說我講話「臭乳呆」，長大後竟然以講師為業，這是父母始料未及的。為何有這樣的轉變？

大學時期，聽過學校安排的無數場演講，打了無數次瞌睡後，快畢業前，在一場演講中，我盯著台上的講師，突然在心中大喊：「如果換我來，一定講得更好！」

真不知道是哪來的自信，從那天起，我便渴望站在講台上做公眾演說。於是每回聽講，我不只關注內容，還觀察講師的授課技巧。當時，少有講師能令我感到驚豔，更多的是使人昏昏欲睡。我深刻體悟到，成功的講師不能只是很有料，還要能吸引目光。

我確實發現，有少數超級講師自帶光環、氣壓全場，光是站在台上，下頭就已屏氣凝神。於是，我刻意模仿他們的語調、表情及肢體動作，試圖展現與他們一樣的舞台魅力。這麼做，確實帶來了一些效果。然而過度模仿的結果，卻失去了自己。我得承認，我或許只是凡夫俗子，要如何做到讓台下聽眾目不轉睛呢？

還好，我認識了培祐。他的作品《極度吸睛》就是要來解答這個問題。裡頭教你的表達技巧，不只是要你如何展現個人魅力、如何營造舞台效果，更是在授課過程中的任何微小片刻都能放入巧思，緊緊抓住學員的注意力。

對！別小看那不斷出現的「微小片刻」，魔鬼就藏在細節裡。

過去，我曾受過正規的師培訓練，我學到設計教案時，在課堂初始必須放進能「引起動機」的活動，接下來才是主要的授課內容。然而實際上課時，往往在引起動機活動結束後，學生的學習動機也跟著歸零。我百思不得其解，不是已經引起動機了嗎，為何孩子們對接下來的授課內容似乎意興闌珊？

認識培祐後才知道，引起動機不能只在授課一開始，你得全程都讓學生保持高昂的學習慾望。於是，你得見縫插針，不斷鋪梗——新鮮、有趣、意外、感動……，就像綜藝節目般，觀眾總能目不轉睛。

不過，這還不夠！

不知道你是否參加過那種令全場熱血沸騰的勵志講座？結束後，你感動萬分，回到家，仍亢奮不已。但仔細想想，剛剛聽到了什麼？學到了什麼？用四個來字形容，就是「模模糊糊」。而第二天起床，差不多忘光了！

彷彿，你只是去參加一場秀，娛樂效果更勝學習效果。

既然你是一位專業講師，就不該只把授課當成一場秀。有品質的表達，是以學習效果為導向。而為了讓學員的學習效果極大化，除了內容含金量要夠以外，授課過程更要能處處吸睛，而且持續吸睛。簡單來說，當高質量的「授課內容」與「吸睛元素」能緊密結合時，將能大幅度提升學員的學習效果。

我得說，培祐就是一個能夠把「授課內容」與「吸睛元素」搭配得天衣無縫的箇中高手。整堂課下來，學員不只是感到收穫滿載，還會覺得很有趣又新鮮，不知不覺就下課了。

今天，培祐把多年來的吸睛技巧與原理，全公開在這本書中。如果你是一個講者，有這樣一本寶典在手，上台早已經綽綽有餘。但有個祕密，我實在不想說出來，就是這些吸睛技巧，每一樣都超－級－簡－單，組合起來卻威力無窮。

如果你問我，現今職場生存的關鍵能力是什麼，我認為，具備「表達能力」的人總是比較吃香。寫作是其一，能公開分享與授課更是不可缺。我很慶幸，身上有著這兩把刀。現在，你翻開這本書，你將能把授課這把刀給磨利，極度吸睛，無往不利。

推薦文

教學，要嘛極度乾燥，要嘛極度吸睛

歐陽立中（Super教師、暢銷作家）

還記得三年前，我在國文課堂上教荀子《勸學》，這篇文章在談學習的重要，但不管我怎麼講，台下學生顯然興趣缺缺。於是，我設計了一個「吸睛活動」。

我讓學生到空地去，在他們前二十公尺處放了五罐飲料，告訴他們等一下賽跑搶到飲料的人，就可以直接喝。接著，學生們都乖乖排成一線，準備起跑。

我說：「我有說從這開始跑嗎？」學生一愣。我接著解釋：「等一下我會問十道問題，符合的往前一步。」學生們一個個蓄勢待發。

「第一題，你在家是獨生子嗎？是的話向前一步。」學生一片譁然，憑什麼？「第二題，你跟雙親一起生活嗎？是的話向前一步。」「第三題，你們家的房子是自己的嗎？是的話向前。」十道問題問完，學生起跑點有前有後，賽跑開始！

果不其然，起跑點在前的學生順利搶到飲料，痛快地喝了起來。接著，我告訴孩子們：「你們發現沒有，人生本來就不公平，家庭背景決定了多數人起跑點的位置，但是我想問你們的是，怎樣縮短起跑點的距離？」答案就是學習！

後來，我把這個課程活動寫成文章，沒想到瞬間爆紅，甚至有出版社邀請我出書，我的第一本個人著作《飄移的起跑線》就是這麼來的。

我第一次嘗到「吸睛活動」的甜頭，但隨之而來的，是排山倒海的壓力。因為大家都在期待我的教學文章，但我的口袋裡，一時之間拿不出什麼法寶。

就在這時，我遇見了培祐老師，在他跟莊越翔老師合開的「即課吸睛教學設計工作坊」。而那一天，正是改變我教學人生的關鍵點。

或許，你來不及趕上那一天；但是，你絕對來得及參與這一天。

沒錯！培祐把他所有的吸睛教學絕活，全寫進了《極度吸睛》這本書！

我讀過許多關於演講、溝通、教學的書，但從來沒見過把「吸睛」打磨得如此透徹、如此系統化的著作。讀著讀著，我回想那時參加培祐的課程，突然，我明白為何明明一整天都在學習，卻絲毫不會累的祕密了：因為培祐總是「早一步在你分神前，就重新把你注意力抓回來了」！

那時上培祐的課，覺得像在看一場魔術，他用變化莫測的教學手法，讓你愈學愈起勁；如今讀《極度吸睛》，才發現他把魔術裡的所有機關都毫無藏私地公開，任你自由取用。

回到當年培祐的課堂裡。

一開始，他要我們看講義，圈出一個吸睛的關鍵字，彼此分享。如今我明白，原來這是「開場吸睛」中的「講義尋寶」。

課程中段，培祐從《西遊記》談表達技巧，這是「故事法」；請大家挑戰用細吸管喝珍奶，帶出好表達就是擴大吸管直徑，讓專業被接受，這是「道具法」；最後，請大家討論方法，寫在便條紙貼到牆上，這是「聽者產出」。而這些技巧，都屬於「持續吸睛」的守備範圍。

課程尾聲，培祐發下Ａ４紙，要我們在上半部寫疑問，然後把紙投入盒中，每人抽一張把答案寫在下半部。而這正是「結尾吸睛」的「Question Box」。

培祐是我見過最厲害的「教學魔術師」，他的吸睛手法永遠跑在你的注意力前面，讓你連分神的時間都沒有。

最後，問問自己，你想要什麼樣的教學風景？是學生眼神渙散、一片死寂？還是眼裡有光、一片生機呢？

教學，要嘛極度乾燥，要嘛極度吸睛。我選擇後者，人生因此而不同！

目錄

第二部 巧妙運用三元素，內容設計多變化

第三部 掌握核心概念，吸睛效果滿分

這是一個注意力極度稀缺的時代

你吃過泡麵嗎？我很喜歡吃泡麵（我想這就是我的體重居高不下的原因）。好，讓我們想像一個畫面，假設你跟我一樣喜歡吃泡麵，現在有一碗泡麵放在你眼前，你食指大動，迫不及待吃了第一口，忍不住發出了讚嘆聲，於是你吃了第二口、第三口、第四口……。但這碗泡麵好大碗，都已經吃了二十三口，卻還吃不到一半，這時你吃下第二十四口。好，畫面到這裡暫停一下，我想問一個問題，當你吃下第二十四口時，會是下列兩種可能反應中的哪一種呢？

反應一：啊，還是好好吃，跟吃第一口的時候一樣開心。

反應二：嗝，怎麼還有那麼多？其實我已經有點膩了，怎麼辦？

通常會是第二種反應，對吧？（如果你是第一種反應，表示你真的很熱愛泡麵。不過請你想像一下吃到第八十三口，應該會是第二種反應了。）但我們的目標就是要把這麼大碗的泡麵吃完，問題是你已經有點膩了，你會如何把這碗泡麵吃完？

（三秒鐘，兩秒鐘，一秒鐘……時間到！）我想正在看這本書的你應該會想到，不然就「加點料」來刺激一下口感吧，比如說辣椒粉、泡菜、肉片、溫泉蛋、辣蘿蔔之類的。不管是加哪種料，總之，你再吃下一口時就不覺得那麼膩了，甚至會刺激你的食慾吃完整碗泡麵喔！

上台沒抓住注意力，就像連吃二十四口味道相同的泡麵

這就是為什麼上台需要抓住注意力的原因了。不管聽者多想聽你說，當你在台上講、他在台下聽，這種狀態持續一段時間後，聽者一定會感到疲累，就好像連吃二十四口味道相同的泡麵一樣開始覺得無趣，就算聽者的動機超高也一樣（但吃到第八十三口時總會有點膩吧）。

舉一個聽者動機超高的例子——演唱會。演唱會的門票都不便宜，所以可以假定買票去聽演唱會的粉絲們都有超高的動機，但是那些歌手明星會不會擔心粉絲覺得膩呢？當然會！那他們有沒有「加點料」呢？當然有！聰明的你可以想到歌手們通常加什麼料嗎？（三秒鐘，兩秒鐘，一秒鐘……時間到！）沒錯，就是邀請演唱會嘉賓，

或是在中場講講自己的故事、心路歷程，或是安排求婚的浪漫橋段。你看，就連演唱會那麼高動機的聽者，也是需要「加點料」的！

抓住注意力，就是給內容撒調味料

對需要上台的人來說，內容就是牛排、演唱會、也是主角，但不可避免地，聽者聽久了就是會感到累，而這一累可就影響聆聽效果了。如此一來，我們精心準備的內容不就很可惜了嗎？這時候要重新抓回聽者注意力的方法，說白了，就是需要「調味料」，面對不同上台情境的調味料，你都可以在這本書中找到。

這時你不免有個疑問：學生時代，老師們上台似乎也都沒有準備「調味料」，為什麼現在就需要了呢？

我的回答是：你真的確定老師們上台都沒用調味料嗎？其實是有的，只是以前的調味料是直接中帶點暴力，叫做「竹筍炒肉絲」（體罰的一種），但現在還可以用這種調味料嗎？那已經變成一種禁藥。時代在演變，老師們的調味料也會改變。現在的調味料很多元，像是把遊戲元素抽取出來融入教學中，就是上台時很好用的調味料。

老師教學授課是上台的其中一種情境，舉凡職場簡報、婚禮致詞、企業內訓、大型演講、心得分享或就職發表等，只要是你一人站在台上、很多聽者在台下聆聽的情境，你都希望聽者能從頭到尾專注地聽你說話，如果有人恍神了，像是在滑手機、打瞌睡或提早離席，你下台後心裡會介意很久，甚至覺得有點受傷。問題是，現在人的專注時間愈來愈短暫，需要上台的我們到底該如何不斷抓住聽者的注意力呢？

三個角度切入，提供完整上台吸睛方法

本書從三個角度切入，針對不同的上台情境，讓你從中找到適合的吸睛方法。

第一個角度從上台流程切入，包括「開場吸睛十招」，快速讓聽者放下手邊事，把注意力集中到台上；以及「持續吸睛三十三招」，讓你在超過二十分鐘的分享中依然能抓住聽者注意力；並且透過「結尾吸睛九招」，讓聽者對你的內容印象更深刻。從讓聽者想聽、專心聽到最後記得住，我在上台流程的前、中、後段都提供了方法。

第二個角度是內容設計，如果你原本就有一套設計好的上台內容，而這份內容必須時常調整和變更，那麼善用「意外」、「熟悉」和「情感」這吸睛三元素，幫助你

在內容上灑點調味料，使內容更吸睛、更能吸引聽者注意。如果你是學校老師，或者時常要上帶狀課程，由於和同一群學生的相處時間非常長，學生對於平常的教學方式多少有點膩了，這時可以多點不同的教學方法來引起學生的注意力，而透過內容設計的四步驟可以讓你設計出多元的教學方法，不斷抓住聽者的注意力。

第三個角度從概念切入，如果你所處的情境不適合上述這些吸睛方法，比如主辦單位要求只能以講述方式、不能運用其他方法，善用吸睛概念中提到「聚焦」在對的地方，就能簡單地達到吸睛效果，也能讓你單純運用講述法來有效抓住聽者的注意力。最後提醒你如何避開吸睛的兩大陷阱，以免聽者本來很專心，卻又受到其他各種吸睛活動而分心，甚至沒記得你分享的內容，那就得不償失了。

本書透過這三個角度，不管你是否有上台經驗，或者臨時接到任務要上台，還是要分享既定內容或需重新設計內容，也不知道聽者的配合意願如何，透過本書的三個角度，都能從中找到適合自己的上台吸睛方法。

第一部

上台吸睛三部曲，讓你牢牢抓住眾人眼球

第一章

開場吸睛：要聽者跟上，就得先「放下」

晚上六點五十五分，天空下著微微細雨，教室內已經坐了近三十位下班後趕來的人，他們是來參加每月舉辦一次的讀書會。我拿起麥克風提醒，再五分鐘就要開始。

七點整，我把背景音樂關掉，右手拿起麥克風站上講台，左手握著簡報筆，已經準備好要開始讀書會。但你認為，來參加的人也和我一樣準備好要開始了嗎？

很可惜，答案是否定的。每次我一上台，總是會看到不少學員不是還在回覆郵件或LINE訊息，不然就是仍埋首在筆電中，也有學員正趴在桌上小睡補眠。在這樣的情況下，如果我七點整一到就站上講台，然後秀出第一張投影片，開始講解內容，全場的學員跟得上嗎？不會！正忙著用手機或電腦處理公事的學員一定還需要一段時間，才能把正在忙的事情告一段落；小睡一下補眠的學員也需要一點時間才能讓大腦重新開機。你可以想像，當他們都能專心聽講時，我可能已經講到第四或第五張投影片了，而他們可能聽不懂我在講什麼，一不小心，沒跟上的學員就放空了。才上課沒多久，就有學員開始恍神，身為講者難免會緊張：「是不是內容不夠扎實，還是講得不清楚，怎麼講沒十分鐘就有學員在做自己的事情而沒在聽課了？」

其實不是內容不夠扎實，也不是講者講得不夠精彩，常常是因為開場沒有先吸引聽者目光的關係。或許你會說：「六點五十五分時不是提醒大家五分鐘後開始讀書會，這樣不算嗎？如果在學校，鐘聲的作用也是在提醒學生要上課了，這樣也不算嗎？」我必須說，當一個人正在想其他事情的時候，這些提醒都太過輕微，他的大腦根本沒有接收到訊息。

為了避免學員一開始沒跟上、後來就容易跟不上的情形發生，此時需要運用開場吸睛的技巧。身為講者，一站上台先別急著上課，先運用三至五分鐘進行開場吸睛動作，等到全體學員的注意力都落在你身上，這時上課才能有最好的效果。

我會透過三個部分，分享開場吸睛要產生效果的關鍵和設計原則，並公開我常用的開場吸睛十招，等你讀完後猜猜看，哪一招是我在讀書會開始時常用的開場吸睛活動。

01

開場吸睛關鍵：讓聽者放下正在忙的事

通常開始上課時，老師都會請學員翻開書，但其實在做這個動作之前，還有一件非常重要卻常被忽略的事，正因為沒做這件事，導致一開始就沒抓住聽者的注意力。這件事就是請聽者「放下」，放下他正在做或正在想的事。只有先放下，他們才能跟上你的節奏。

千人演講，考驗專注力

大約在五年前，我接了一場講座，對象是近千人的大一新生。在學校的體育館裡，他們一排排坐在摺疊椅上，沒有桌子，就這樣連坐兩天，聆聽六位講者輪流上台分享，總計十二小時。想也知道，學生一定很容易分心。

我的演講時間是第二天早上十點到十二點。早上八點半，我已經在學校附近吃早餐，並且準備等一下的演講內容。就在八點四十五分左右，學校打電話要我趕緊到體育館，我一時以為自己記錯時間，便和校方確認一下。「你是十點演講沒錯，但現在這一場的講師已經講不下去了，學生都不聽他講話，整個體育館鬧成一團，他氣到要提早結束。我們會休息十分鐘，你可以來接棒嗎？不然學生離開後要再找回來就不容易了。可以請你馬上過來嗎？」

我狼吞虎嚥地把肉鬆蛋餅吃下肚，然後快步走到體育館。當我來到後台時，看到了這輩子很難忘記的一幕。上一場的講者滿身是汗，整件襯衫都溼透了，還一直喘著氣，可見他剛剛在台上是多麼用力地在喊著，希望學生聽他講話。但顯然效果不佳，兩個小時的演講只講了五十分鐘就決定下台。看著那位講者，我感到非常緊張，因為接下來輪到我上台了，連同我自己的兩個小時演講，現在變成要講三小時。

就在學校組長簡單介紹我之後，我拿起麥克風走到台上，看到的是有些同學聽著耳機，有些同學玩著手機遊戲，有些同學聊天說笑，有些吃著早餐，每個人都在做自己的事情。我知道如果這時開始演講，就是災難的開始，大概會像上一位講者一樣講得滿身是汗，接著氣喘如牛地下台。我首先要做的就是讓他們放下他們正在忙的事，我必須來個「開場吸睛」。

聽者未準備好之前，別急著說內容

我當時是這樣說的：

看起來各位同學還有許多事情在忙，還沒告一段落。這樣好了，我來倒數十秒，大家在這段時間趕緊把手頭上的事情告一段落，我們才可以開始今天的演講。來囉。

十……

九……

八……，感謝後面的同學沒有再講話了，超棒的。

七……，謝謝，左邊第十二排的那位同學已經把手機關起來囉。

六……，請大家幫我一個忙，把左右兩邊正在睡覺的同學叫醒。

五……，太棒了，大家都已經坐在位置上，沒有走來走去了。

接著，我從講台上走到學生之中。

四……

我拍拍某位同學的肩膀，請他把手機遊戲關掉。

三……，剩下三秒就要開始囉，希望同學幫我一個忙，放下正在忙的事。

二……，感謝所有同學都願意把正在忙的事情告一段落。

一……，請大家給高度配合的自己掌聲鼓勵，演講要開始囉！

這個開場吸睛名稱叫做「倒數十秒」，雖名為十秒，其實遠遠不止這個時間。如你所見，每一秒我都會轉播同學的情況，比如A同學關了手機、B同學停止聊天、C同學從睡夢中醒來等，目的就在提醒他們放下正在做的事，把注意力拉回演講中。

後來學校承辦人員告訴我，我那場講座是學生回饋心得寫得最多的一場。一場能抓住聽者注意力的演講，除了開場吸睛外，還有許多元素要一起配合才行，但有好的開場，讓聽者放下手邊正在做的事，絕對是好的開始。

只要影響部分的人，就會慢慢影響所有人

看到這裡，你一定會問：「倒數十秒真的就能讓全場同學都專心嗎？」

當然不行，但如果不運用二至三分鐘的時間製造開場的亮點，就會有更多同學陷入不專心的狀態。我曾聽過一個很棒的例子，可以說明開場吸睛的效果。

我朋友住在一個新社區，住戶都加到一個LINE群組裡互通有無。某年中秋節前兩週，朋友想到如果大家都能在社區中庭烤肉，一定很熱鬧，於是他在群組裡邀集大家。結果群組靜悄悄，沒人回應，當年中秋節烤肉就這樣無疾而終。後來他遇到一位住戶，忍不住問：「你為什麼不想在社區中庭烤肉呢？」該住戶說：「沒有啊，我很想在中庭烤肉呀，這樣多方便，烤完收一收就可以回家了。」朋友激動地說：「那你為什麼不在群組裡回應呢？」對方不好意思地說：「因為都沒人回，我也就不好意思回了，但我想很多住戶應該也是同樣的想法。」

朋友恍然大悟，隔年中秋節他改變了方法，成功邀約了十來戶一起在中庭烤肉。他是怎麼做到的？祕訣就是：在群組發文之前，先私下找幾個比較熟悉的住戶詢問意願，當大夥兒都表示贊同時，他說：「我會在群組裡發文問大家，你們要先回文響應活動喔。」就這樣，當群組活動貼文一發出，就有好幾位事先講好的住戶率先回應，帶動原本還在觀望的住戶也跟著回應，一場熱鬧的中秋烤肉就這樣成行了。

這個故事告訴我們，愈多人在一開始響應，就愈能帶動全體的回應，而開場吸睛就是為了產生這樣的效果。我們或許無法讓所有聽者都放下正在做或正在想的事，但只要一開始有愈多人放下手邊的事，專心在台上即將開始的課程或講座中，那麼接下來就更能影響全體的聽者投入其中。

思考時間

為什麼有些上台者分享不到五分鐘，聽者就開始做自己的事而沒在聽了？

02

開場吸睛原則：動靜之間的轉換，是吸睛的時機

開場吸睛活動有固定的方法嗎？答案是有的，下一節會介紹我上台時常用的十種開場吸睛方法。不過，開場吸睛活動還是要視現場情況採取不同的方法，原則就是創造「動／靜」間的轉換。

由「靜」而「動」，提振氣氛

如果是下午一點的課程，學員都剛睡醒，睡眼惺忪就是屬於「靜」的情況，這時的開場需要比較「動」的開場方式，比如我下午常用的開場吸睛方法：

各位同學剛睡醒喔，我們來提神醒腦一下。

請大家起立。會聳肩吧？當我說聳肩的時候，請用力把肩膀聳起來。聳肩後先不要放下喔，當我說再聳肩的時候，就把肩膀聳得更高點。然後我會說三、二、一，說到「一」的時候就把肩膀放下，同時大喊「哈」，聽說愈大聲愈舒壓喔。我把整個流程再順一次。

指令一：請聳肩，撐住。

指令二：再聳肩，撐住。

指令三：倒數三、二、一（學員一起喊「哈」）。

如此重複三次，再請學員坐下，這就是屬於「動」的開場吸睛活動。這麼做之後，學員的惺忪睡眼全都不見了，這時就是開始上課的好時機。

由「動」而「靜」，平息躁動

當然也會有學員在上課一開始的狀態是很「動」的，這時就要用「靜」的方式來讓他們放下。

每年寒暑假，我都會和大學社團學生合作，進行為期一週的小學生生活冒險營。

營隊裡有魔術、溝通表達、團隊合作等課程，時間是每天早上九點半到下午五點。第一天的第一堂課，小學生們一開始還有點害羞，但中午不到，大家就玩開了，彼此都很熟悉，教室簡直就像要炸開一樣，非常熱鬧。每堂課一開始，同學們都處於非常興奮的狀態，不停地追啊跑啊跳啊，如果老師在這種極度「動」的狀態下開始上課，小學生們一定很難專心。老實說，這群大學生一開始也遇到同樣問題，喉嚨都喊到燒聲（台語）了，小學生還是你一言我一句地分享想法，最後整堂課幾乎都在「不要講話了，聽我這邊喔」這樣的話語聲中度過。

我們覺得這樣下去一定要改變才行，不然這就是個喧囂有餘、內容不足的營隊，這一切要從「開場吸睛」著手。由於小學生的狀態是「動」，我們決定使用「靜」的開場吸睛活動，有一招叫做「五三八呼吸法」，方法是這樣：

噓……，現在所有同學都不要講話喔，等一下我們要進行三次深呼吸。深呼吸分成吸氣、閉氣、吐氣三個步驟，還要加上秒數：吸氣五秒，閉氣三秒，吐氣八秒。來，我們一起深呼吸。

請舉起雙手，接著放到大腿上，我們開始囉。吸氣五秒……，閉氣三秒……，吐氣八秒……（一共進行三次），請大家睜開眼睛（是的，很多人會自然地閉上眼睛），接下來我們要講的重點是……（課程正式開始）。

三次深呼吸就是屬於「靜」的開場吸睛。

依現場狀態反其道而行

掌握開場吸睛的原則，在於觀察課程準備開始的當下，學員的狀態是「靜」還是「動」，接著採用和學員狀態相反的活動，達到很好的開場吸睛效果。開場吸睛活動有非常多種，而且很容易自己設計創造，若要說選擇哪一種方法有沒有依循的標準，我認為最高原則就是「動／靜的轉換」。

思考時間

請從下列六個字中選取最能代表上述內容的一個字，並說明為什麼是這個字。

培／盈／皓／越／漢／更

03

開場吸睛十招：掌握兩個規則，招式變化無窮

這一節要談常用的十招開場吸睛方法，雖然只有十招，但隨時可以簡單調整規則，就會變成新的一招。

調整的方向有兩種，第一種是從「全體參與／小組參與」的角度來調整規則。例如第五招「五樂添」（參第四十九頁），原本的規則是：全體同學起立，眼睛閉起來，安靜不說話，誰先搜集到環境中五種聲音就可以坐下，限時三十秒。簡單調整規則後變成這樣：三人一組，編號分別是一號、二號、三號，一號先閉上眼睛，由二號製造五種不同的聲音，限時三十秒（不能說話）；然後一號睜開眼睛，猜猜二號剛才製造的是哪五種聲音，三號當裁判。接著輪到二號閉上眼睛，三號製造五種不同聲音，同樣限時三十秒，此時一號是裁判，依此類推，總共進行三個回合。

再以第六招「我是速讀王」為例（參第五十頁），原本的規則是從「全體參與」的角度來設計，方法是秀出一張寫滿重點的投影片，三十秒後關掉投影片，接著出題讓同學搶答，答對者可以加分或得到小禮物。如果改成「小組參與」，規則就變成：把全體學員按人數分成若干小組，看完三十秒的投影片後，出任務讓小組完成，而要完成任務必須運用到投影片上的重點，先完成的小組就能加分。

另一種是從「和主題有連結／和主題沒連結」的角度來調整。如果一位歷史老師上課時，想運用第十招「哪裡不一樣」（參第五十六頁）來開場吸睛，規則是在投影片上一次秀出三張照片，其中一張和另外兩張明顯不同，然後猜猜哪裡不一樣，例如鯊魚、大象、獅子等動物哪裡不一樣？最明顯的不同是，大象和獅子是在陸地生活，鯊魚則在水裡生活。這就是從「和主題沒連結」的角度設計規則，單純進行「動／靜」變化的活動。如果歷史老師從「和主題有連結」的角度去調整規則，他放了曹操、劉備、孫權三人的圖像，問學生有何不同，學生必須答出如「曹操和另外兩人不同，因為劉備和孫權都當過皇帝，曹操沒有」這類答案。當角度一切換，開場吸睛的活動就會有不一樣的面貌。

接下來介紹十招開場吸睛的方法，每一招都能從「全體參與／小組參與」及「和主題有連結／和主題沒連結」兩個方向，重新創造出最適合當下情境的活動。

第一招 五三八呼吸法

【步驟】

一、請大家把雙手放在膝蓋上，手掌向上。

二、說明三段式呼吸的順序：吸氣五秒鐘，閉氣三秒鐘，吐氣八秒鐘。

三、吸氣五秒鐘。

四、閉氣三秒鐘。

五、吐氣八秒鐘；八秒鐘很長，要慢慢吐氣。

（重複步驟三到五，共三次。）

六、進入主題（現在我們要講的主題是……）。

【小提醒】

一、講師要一個步驟一個步驟帶領，不要讓學員自己進行深呼吸。

二、講師自己也要跟著深呼吸，以身作則，學員較有感。

三、最少三次，最多不要超過五次，不然聽者會感到不耐煩。

〔目的〕

請聽者把雙手放在膝蓋上，就是為了讓他們放下正在忙的事。

〔活動類型〕

靜態活動。

〔規則設計角度〕

一、全體參與型。

二、和主題沒連結。

第二招 兩段式聳肩

〔步驟〕

一、請大家聳起雙肩。

二、請大家再更聳起雙肩。
三、撐住五秒鐘。
四、講師說三、二、一時，請聽者放鬆肩膀，同時大喊「哈」。
（重複步驟一到四，共三次。）
五、進入主題（現在要講的主題是……）。

〔小提醒〕

一、講師先示範什麼是聳肩。
二、聳肩最少三次，最多不要超過五次。
三、如果聽者年紀較小，對聳肩的動作會開玩笑則不建議使用，以免不好帶領，這時可以換別招。

〔目的〕

要站起來聳肩，就得把正在想和正在忙的事情放下。

〔活動類型〕

動態活動。

〔規則設計角度〕

一、全體參與。

二、和主題沒連結。

第三招　六十秒原地踏步

〔步驟〕

一、請所有聽者起立。

二、離開座位站到附近的空地。

三、閉上眼睛。

四、原地踏步六十秒（由講師計時）。

五、時間到，請聽者睜開眼睛。

六、邀請聽者和附近的三位聽者擊掌，並回到座位。

七、進入主題（我們現在要講的主題是……）。

【小提醒】

一、閉著眼睛原地踏步時，由於有些人會前進或後退，所以不適合在空間較小或階梯型場地進行，這點務必要小心。

二、倒數時，不用說出剩下多少秒數，到了六十秒再說即可。

三、注意聽者的安全。

【目的】

要站起來閉眼睛還得原地踏步，會讓聽者放下原本正在忙的事。

【活動類型】

動態活動。

【規則設計角度】

一、全體參與。

二、和主題沒連結。

第四招

十秒一百下

〔步驟〕

一、請所有聽者起立。

二、說明規則，計時十秒，十秒內要自己拍手一百下。

三、十秒內有拍手一百下者可坐下，未達成者繼續站著，可以挑戰三次。

四、進入主題（現在我們要講的主題是……）。

〔小提醒〕

一、可以規定手和手的距離至少五公分，這樣拍手才算數。

二、請聽者起立拍，拍完坐下的效果最好。

〔目的〕

要站起來拍手一百下，就會讓聽者放下正在忙的事。

〔活動類型〕

動態活動。

〔規則設計角度〕

一、全體參與。

二、和主題沒連結。

第五招 五樂添

〔步驟〕

一、請所有人閉上眼睛。

二、在六十秒內聆聽環境中的五種聲音。

三、找到五種聲音的人舉手表示完成。

四、請有舉手的夥伴分享他找到哪五種聲音。

五、進入主題（現在我們要講的主題是……）。

〔小提醒〕

一、除了請聽者坐著閉上眼睛、完成舉手外，也可以請聽者先起立，找到五種聲音再坐下

二、原則上找到五種聲音不難，講師也可以自己製造聲音。

〔目的〕

要閉上眼睛尋找環境中五種不同的聲音，就會讓聽者放下正在忙的事。

〔活動類型〕

靜態活動。

〔規則設計角度〕

一、全體參與。

二、和主題沒連結。

第六招 我是速讀王

〔步驟〕

一、向聽者說明規則，告知稍後會出現一頁有很多重點的投影片。

二、投影片出現時間為三十秒，之後就會關掉。

三、根據投影片的內容，由講者出題讓聽者搶答。

四、答對者可以加分或得到小禮物。

五、進入主題（現在要講的主題是……）。

〔小提醒〕

一、投影片出現的時間建議最多不超過一分鐘，才能抓住聽者的注意力。

二、字不要太小，最好在二十點以上，不致造成有些聽者看不清楚。

三、小禮物簡單就好，如書籤、文具等，以免聽者一開始就得失心太重，反而不利於專心。

〔目的〕

要在短時間內讀懂投影片的內容，就會讓聽者放下正在忙的事。

〔活動類型〕

靜態活動。

〔規則設計角度〕

一、全體參與。

二、和主題有連結。

第七招 講義藏寶

〔步驟〕

一、選取講義中的一個字或詞，像是「注意力」、「我們」等。

二、公布任務後，最快在講義中找到答案者舉手，並大聲說出所在頁面。

三、最快完成且正確的人得到小獎品。

四、進入主題（現在要講的主題是……）。

〔小提醒〕

一、講者須確定答案的所在頁面，當學員講出答案，要快速說出對或錯。
二、講義須有頁碼，如此學員回答時才能精準講出答案。
三、小獎品不要太貴，書籤或文具即可，以免學員得失心太重而不易專心。

〔目的〕

要在短時間內翻看講義、找出答案，能讓學員放下正在忙的事。

〔活動類型〕

動態活動。

〔規則設計角度〕

一、全體參與。
二、和主題有連結。

第八招

一首歌的時間

〔步驟〕

一、公告現場聽眾，一首歌結束後將進行下一個主題。

二、歌曲進行中不斷提醒剩下多少時間即將開始。

三、歌曲結束後進入主題（現在要講的主題是……）。

〔小提醒〕

一、建議在同系列的課程或活動中都用同一首歌，這樣才能建立默契。

二、歌曲勿選快歌，會讓聽者更不容易專注。

三、歌曲進行中的提醒很重要，提醒學員關閉手機、停止聊天等。

〔目的〕

透過不斷提醒歌曲要結束，讓聽者有時間放下正在忙的事。

〔活動類型〕

靜態活動。

〔規則設計角度〕

一、全體參與。

二、和主題沒連結。

第九招 一起倒數十秒

〔步驟〕

一、告訴聽眾十秒後將進行下一個階段。

二、邀請大家和你一起倒數。

三、請大家放下手機、舉起雙手。

四、一邊倒數，雙手一邊比出該數字。

五、進入主題（現在要講的主題是……）。

〔小提醒〕

一、可以先示範雙手如何比出數字。

二、示範當下，請一位聽者出來當示範組。

三、倒數結束後，可以請大家給自己掌聲鼓勵。

〔目的〕

透過邀請聽者舉起雙手並大聲一起倒數，可讓他們放下正在忙的事。

〔活動類型〕

動態活動。

〔規則設計角度〕

一、全體參與。

二、和主題沒連結。

第十招

哪裡不一樣

〔步驟〕

一、在投影片上秀出題目，請聽者快速回答出哪裡不一樣。

二、可以三人一組為單位進行搶答，也可以個人為單位進行搶答。

三、題數約六到八題，不要超過十題，不然就捨本逐末了。

四、進入主題（現在要講的主題是……）。

〔小提醒〕

一、如果是小組搶答，可請搶答者到台前，搶答完一題後輪到下一組上台。

二、指令句要明確，像是：「三、二、一，請搶答，要在『答』字之後舉手才算。」

三、一張投影片建議出現三個選項，請聽者猜出哪個選項和另外兩個不同。

〔目的〕

聽者要專注在投影片上的題目進行搶答，就必須放下正在忙的事。

【活動類型】

動態活動。

【規則設計角度】

一、小組參與。

二、和主題有連結。

思考時間

請以一至十分來評分上述內容對自己是否有幫助，「一」表示沒有幫助，「十」表示有很大的幫助。

● 我的分數是＿＿＿分。

● 為什麼是這個分數？請說明。

● 如何讓自己達到十分？

04

小結：招式不是重點，放下才是關鍵

這幾年，我多次擔任演講或簡報比賽的評審，台上的每位選手大約只有十分鐘的表達時間，一整天約有十至二十位選手上台。說真的，前三位還可以認真聽，到了中後段，雖然我也想認真聽，無奈專注久了就很容易恍神。

但我對其中一位參賽選手印象深刻，他抽到第十九順位，換句話說，輪到他之前，評審已經聽過十八位選手的內容分享，正是容易分心的時候。該名選手一上台是這樣說的：「我想邀請各位評審及現場所有朋友閉上雙眼，前面十八位夥伴的分享都非常精彩，我想請大家用簡短的三十秒，在腦中整理一下剛剛覺得精彩的部分（暫停三十秒）。好的，請睜開眼睛。接著，我想借用大家的雙手，先給前面十八位夥伴熱情掌聲鼓勵。」他開始自我介紹：「我是第十九號的〇〇〇，我的內容一定也和前面十八位一樣精彩且實用，我要分享的主題是……」這位選手的分享的確讓我印象深刻，他開場前運用短短三十秒，讓所有評審放下一切雜念，專心聆聽他接下來的分享，真是高招！

關鍵三十秒，找回聽者注意力

二〇二〇年，我有幸獲得靜宜大學TEDx的邀請，運用十八分鐘的時間分享「上台，從吸睛開始」這個主題。

當天有八位講者，而我是最後一位上台的人，想當然耳，現場聽眾聽了一整天也都非常累了，所以我一上台是這樣說的：「請各位借給我右手，並且打開你的手掌，請你誠實地回應我，你現在的精神狀態還非常好的請比『五』，精神狀態已經很差的請比『一』，一到五請選擇。哇！現場有許多四分和五分的聽眾呢，我們給這群保持如此好精神的朋友熱情掌聲鼓勵。接下來更重要的，剛剛也有不少聽眾比了一分和兩分，我們要給他們更熱情的掌聲，讓他們打起精神。請給他們熱情的掌聲，好嗎？」

雖然我是最後一位上台的講者，但透過這樣的方式，在短短的三十秒內，聽眾的注意力又重新被我抓住了。這就是開場吸睛的功能！

善用開場十招，打造最適合的吸睛活動

從十九號選手的閉眼三十秒，到我上台的精神狀態評分，你會發現這兩個方法都不在開場吸睛的十招裡，我要說的是，招式真的很多，但我們要掌握的有兩個重點：

一、請聽者翻開書、拿起筆之前，更重要的是請他們「放下」正在忙或正在想的事情。

二、動靜之間的轉換是關鍵。如果開始分享時，聽者是浮動的，可以用「五三八呼吸法」讓他們靜下來；但如果開始分享時，聽者是很沉悶的，則可以透過聳肩方式讓他們變得有活力。

曾有一位幼稚園老師傳了一段影片給我，影片中有七位就讀中班的小朋友，他們坐在地上聽著老師的指令，閉上眼睛，安靜地深呼吸。老師表示，自從上課採用深呼

吸這招之後，小朋友們更容易專心聽他說話了，而且不再發生才上課三分鐘就喉嚨喊到沒聲音，追著小朋友跑。我想這就是開場吸睛最棒的功能。

以上常用的十個開場吸睛活動適用所有需要上台的人，而若能從「全體參與／小組參與」以及「和主題有連結／和主題沒連結」這兩個規則設定的角度再活用，就可以創造出更多更適合自己上台情境的吸睛活動了。

試試看，你一定也會看到很棒的效果！

思考時間

如果要從開場吸睛的十招中選擇其中三招，當做往後上台時常用的開場活動，你會選擇哪三招呢？

第二章

持續吸睛：

重點在於搭配講述法以外的方法

我剛成為講師時，我的師父曾說過：「教學方法分為兩種，一種是講述法，一種是講述法以外的方法。」當時我充滿疑惑地問：「這樣說似乎太籠統了，我上台時怎麼知道要用哪一種講述法以外的方法？」師父笑笑地說：「像是提問、小組討論、說故事、小組搶答、聽者分享、寫海報、放影片……等等，你就從中選擇順手的來用就對啦！」

我似懂非懂地點點頭，但馬上追問到底如何知道哪個方法搭配自己的講述內容最剛好。師父彷彿看著朽木般說：「重點不是選擇哪一個方法，而是你有沒有搭配講述法以外的方法。如果只有講述法，聽者很快就會恍神，這時內容再精彩也沒用了。」雖然那一刻我仍似懂非懂，但我在筆記本上寫下：重點不是選擇哪一個方法，而是有沒有搭配講述法以外的方法。

成為講師之初，我從大專院校的學生講座開始講起。每次針對不同的講題，我都準備了非常豐富的資料，看了許多書和雜誌，也去聽了許多講座，然後把資料重新整理，帶去與大學生分享。出乎我意料的是，大學生們竟然聽沒十分鐘就開始玩手機或睡覺，實在讓我很沮喪，也感到很納悶：明明內容就很精彩呀？結果一連好幾場大學生講座都是如此收場，我甚至開始思考，會不會是自己不適合當講師？但我不想這樣放棄，於是苦思解決方法。

我開始去參加許多教學技巧類的研習課程，也的確學習到許多超棒的教學技巧，比如「小組競賽法」，這真的很好用，可以在短時間內凝聚教室的氣氛和小組的向心力。但我發現，如果下一週還是繼續沿用這個方法，同學的動力就會有點減弱，再下一週，願意舉手搶答的同學變得三三兩兩，一副了無生趣的狀態。

原來，同一招使用太多次，會讓聽者感到失去新意，注意力就開始下降。在那半個月，我從教學技巧研習課程中學習到小組競賽法、小組討論法、影片引導法、故事分享法……等等，迫不及待地把學到的方法一一運用到課堂中，但只要同一招使用太多次，就會發現同學們覺得膩了，效果變差，甚至變得不想配合。結果我只能回到講述法，然而只有講述法，同學很快地又失去了注意力。

正當我不知如何是好時，忽然翻到了筆記本中的這句話：「重點不是選擇哪一個方法，而是有沒有搭配講述法以外的方法」，我在書桌前大叫一聲，家裡的貓本來在書桌上睡覺的，因為這一喊而跌到地上。這句話讓我豁然開朗，我終於知道該怎麼做了！

原來，小組競賽法、小組討論法、影片引導法、故事分享法都是講述法以外的方法，根本不必拘泥於要用哪一種方法，而是講者若發現學生注意力開始不集中時，就該搭配一種講述法以外的方法。其中差別在於：之前我都是一開始就講解小組競賽規則，然後讓活動貫穿整場；現在則是講重點到一個段落便穿插即時的小組競賽，接著再繼續講重點，如果發現同學精神又不集中，就再來一個即時的小組討論……，如此循環。

經過這樣的思維轉換後，上起課來果然就能有效維持聽者的注意力。隨著上台經驗增加，慢慢地也抓到了講述法以及講述法以外方法的搭配比例，我稱之為「持續吸睛」。現在我每年上台時數超過五百小時，幾乎都能成功抓住聽者注意力的祕訣，就是不斷在課堂中運用持續吸睛的思維。

接下來，將介紹我常使用的九大類三十三招持續吸睛的方法，當然也會說明持續吸睛的關鍵和原則，這樣你也可以創造出最適合自己上台情境的方法。我們開始吧！

05

持續吸睛關鍵：只有講述法，聽者會跟不上上課節奏

一直講重點時，聽者通常會覺得講者說得好「快」，不要誤會，這不是說語速很快的意思，而是因為每一句話都是重點，聽者的大腦沒有喘息的空間，就會覺得速度好快。

舉例來說，我對學做菜很感興趣，只要有機會就會去報名廚藝教室的課程。有的廚師在教做菜時，一股腦地便將食材特色、備料方式、烹煮訣竅、擺盤方式全部講解完畢，大約花了二十分鐘。我一開始還很認真做筆記，後來因為跟不上廚師的講解速度而停了下來，許多一起學習的同學到最後也都停筆不抄了。其實廚師講話的速度並不會特別快，但因為都在講重點的關係，學員的大腦吸收沒那麼快，就容易跟不上。這位廚師不小心落入一個陷阱，那就是內容準備得愈多，聽者反而吸收得愈少。要如

何避免呢？我們來看另一位廚師怎麼做。

另外一位廚師上課時，同樣會先說明食材特色，但接著他會發給每位同學一項食材，請他們互相介紹手上食材的特色。因為剛聽完廚師的解說，所以記憶猶新，介紹起來非常順暢，如果一時想不起特點，還可以立刻翻筆記，印象更深刻。大約五分鐘後，廚師接著講解備料方式，然後走到流理台後方，把剛剛的食材拿出來，實際操作備料方法。這時同學們的相機紛紛出動，拍下廚師帥氣的備料過程；先聽一次，再看廚師操作一次，記憶就更深刻了。

從上面例子來看，相較於第一位廚師平鋪直述的說明，第二位廚師善用了「＋」的概念，也就是「講解食材特色＋兩人互相介紹」、「講解備料方式＋實際操作」，他的教學完全不會讓聽者覺得「快」到大腦跟不上。

講述法中「加」調味料，專注度大提升

我經常受邀至勞動部勞動力發展署，在其舉辦的就業輔導講座分享「職場好溝通」主題，在場學員都是已經上了一整天課程後，在下午五到七點來聽我的講座。這

些學員都是主動報名，是很有聽講意願的，但上了一整天的在職培訓課程後，傍晚再來聽講座真的會感到疲累。考考你，這時候我怎麼做，他們很容易睡成一片？而我又可以怎麼做，即便他們很累卻依然專心聽講？

讓我公布答案。

如果我一直講重點，照著簡報內容平鋪直述，學員很容易就睡成一片。但你一定會有疑問，主辦單位不就希望我帶來扎實有用的內容嗎？如果不講重點，我要做什麼呢？難道要帶團康活動？這樣或許學員就有精神了，不過這不是主辦單位的目的。

事實上，不是說講重點不好，而是不要「一直」講重點，我非常同意帶團康活動來引起學生注意力，但可能因此讓講座的重點失焦。既不要「一直」講重點，也不要帶團康活動，應該怎麼做才能讓聽者專注呢？例如，「講重點＋提問互動」就是一個很棒的方法，「講重點＋小組討論」也是抓住學生注意力的方法，而「講重點＋故事」同樣會引起學員的注意。你注意到了嗎？這樣就不會單純一直講重點，也不會讓講座失焦，只要在講述法中「加」一點調味料，聽者的專注度就會提升，而這就是持續吸睛的關鍵。

「＋」就是持續吸睛的關鍵

當開場吸睛之後，保持聽者全場都專心聆聽是講者的第一要務，而「放慢」是其中的關鍵。所謂的「放慢」，就是不要平鋪直述地一直說明重點，而要善用「＋」的特性讓教學節奏慢下來。

上台分享的速度快慢，是可以掌握在講者手中，只要注意不要一直講述，適時加入講述法以外的方法，「放慢」是講者對聽者的一種貼心舉動。

思考時間

請畫出一個代表上述內容的「動物」，並對自己說明此動物和上述內容的關聯性為何。

06

持續吸睛原則：快慢之間的搭配，是吸睛的節奏

如果說內容是教學的基礎，那麼節奏就是教學的靈魂，掌握了節奏，也就掌握了聽者的注意力。

教學的最佳節奏是什麼呢？我認為就是「快」、「慢」的搭配。講述法就是「快」，講述法以外的方法則是「慢」；一個重點的傳遞既要有平鋪直述的講述法，也要有講述法以外的方法，這就是快慢搭配的吸睛節奏。

就像演唱會，兩首慢歌之後，下一首一定會搭配快歌；唱了五、六首歌之後，通常會有與歌迷聊天互動的橋段；唱到十至十二首歌時，則會有神祕嘉賓登場。這些都是在轉換「節奏」。

不要一味地講重點

我曾在網路上買了一台逆滲透飲水機，裝機師傅來我家進行水管接頭、機器組裝的作業，當一切作業完畢後，他請我到廚房跟我說明下列五件注意事項：

一、機器如何運行？什麼狀態下叫故障？

二、漏水了該怎麼處理？

三、更換濾水器時，如何自行拆裝機器？

四、機器內濾水器共有三種不同顏色，半年後要換哪一支，再半年要換哪一支？

五、機器的保固事宜，如果要聯絡維修人員應如何聯繫？

這五點都很重要，我卻聽到恍神了，你知道為什麼嗎？因為我一站到旁邊，師傅就自顧自地說了起來，這個那個燈閃了就是故障、這個那個燈閃了是漏水；漏水要先按這個那個按鈕；半年後要換這個那個顏色的濾水器，再半年後要換這個那個顏色的濾水器；機器這樣那樣拆開就可以了，接著這樣那樣又可以裝回去了……。說真的，我老早就跟不上他的講解速度，不是因為講太快，而是他只使用講述法，沒有運用講述法以外的方法，這讓我的大腦即便想跟也跟不上。當我聽完後，只好厚著臉皮把剛剛的重點全部用提問法再問了一次。師傅講解花了十分鐘，我問問題反而花了半小時，純講述有時並沒有更省時間呀。

跟上節奏才能維持專注力

師傅離開後，我問自己：如果我是師傅，怎麼說明比較好呢？像是拆裝機器的部分，我講解結束後一定會請客人動手拆裝一次（講述法以外的方法：實際演練）；關於燈號代表的故障意義，我講解結束後會附贈一張對照表，讓客人貼在飲水機附近（講述法以外的方法：道具）；以及關於濾水器的更換，我講解結束後會請客人把行事曆拿來，先把半年後的日期圈起來，並寫上更換什麼顏色的濾水器（講述法以外的方法：設定提醒）。

比較一下師傅和我的講解方式，你會發現師傅的是純講述法，都是「快」的節奏，而我是用講述法加上講述法以外的方法，就是「快／慢」搭配的節奏；都是

「快」的節奏容易讓聽者跟不上，唯有「快／慢」相互搭配，才能在講解內容時對聽者達到持續吸睛的效果。

雖然講述法以外的方法非常多，只要不是平鋪直述講重點，就可以歸類在講述法以外的方法。接下來，我會一一介紹這幾年來上台教學常用的方法，總共分成九大類三十三招，但要提醒的是，你的內容沒有一定就適合哪一招，還是要回到一開頭在我記錄在筆記本上的那句話：重點不是選擇哪一個方法，而是有沒有搭配講述法以外的方法。只要你能從中選取幾招，搭配內容的講述就會持續吸睛！

思考時間

請寫出三個截至目前為止讓你印象深刻的三個重點。

07

持續吸睛三十三招：你招招都看過，也招招都會用，記得搭配著用

我很喜歡廚藝類的電視節目，每次看到煎牛排的主題時，主廚毫無意外地都會講一句話：「只要肉的品質夠好，稍微簡單煎一下，加上一點海鹽和胡椒調味，就會非常美味了。」肉就像我們的教學內容，只要事先整理得好、夠專業、夠扎實，接下來簡單調味就好，而胡椒和海鹽就是講述法以外的方法。

這一節總共有九種類型的調味料，你可以把這本書想像成一個小提籃，裡頭放了八罐調味料，有一天需要煎牛排時（上台分享），就把這九種調味料拿出來，看看哪一種適合今天的肉品就撒上去，保證讓饕客讚不絕口。

現在就逐一介紹這九種調味料的特色和調性。

第一類：故事

故事屬於情感型資訊，一般說明的資訊如三個重點、五個特質等則屬於分析型資訊，分析型資訊加上情感型資訊，就是讓人容易接受的資訊。所以，上台的講者可以適時地將想講的內容包裝成適合的故事，如此會讓聽者比較願意聆聽。說故事有三個重點：

一、故事一定要有目的，而目的須與你分享的主題有關。
二、故事一定要有細節，如此才有畫面。例如「跟我們一起去好樂迪唱歌」，好樂迪就是細節，會讓人腦中浮出相關畫面。
三、故事不要平鋪直述，一定是先經過低潮（困難），再來到高潮（克服困難），然後從這段經歷中有所領悟（目的）。

那麼故事要如何搜集呢？我自己主要是採用兩種方法：

一、多聽演講：講師一定都會講故事，這會給你很多靈感和火花。
二、多看書：書中會書寫許多故事，帶給你豐富的故事養分。

以下四種是我最常運用的故事類型，提供你分享運用！

第一招　親身經歷的故事

我在上「簡報技巧」這門課時，都會分享一個親身經歷：

我的第一份工作是在某科技大學擔任專案助理，協助教務長撰寫教學卓越計畫，然後向教育部爭取經費。由於經費非常龐大，動輒幾千萬甚至上億，所以教務長非常重視，他常對我說：「簡報就是作文比賽和美術比賽，要把每一頁的簡報都做得很漂亮，用字遣詞都要非常優美。」

那一陣子真是被折磨得不輕，因為我不是美術科系畢業，最後我自掏腰包花了快三萬元，請外面的專業人士幫忙修改簡報，讓它變得美輪美奐。

但最後，我們還是沒有得到教育部的青睞，一毛錢都沒拿到。我去看了獲得補助的學校簡報，與其說是漂亮，其實是整齊，更精準的說法是：消除雜訊，突顯重點。原來簡報根本就不是美術比賽和作文比賽，簡報比的是誰能降低聽者的「認知負荷」，如果每一頁簡報的訊息量都很多，就算做得再漂亮，聽者的大腦早就當機了，根本是白忙一場。

從那次之後，我知道「消除雜訊，突顯重點」才是簡報製作的關鍵，而接下這部分「單張簡報設計邏輯」，就是要教各位怎麼做到這八個字。好的，我們開始吧！

如果能把故事講得眉飛色舞，那對聽故事的人來說就是一種享受，他也會專心地投入在情節中。而講自己的親身故事是最容易講得眉飛色舞了，你邊講著，腦中就會浮現當時的情景，整個語調、表情和手勢都會很投入，這是最能讓聽者融入其中的故事類型。

你最近準備要上台嗎？拿起紙和筆，想一個和主題有關的親身經歷故事吧！當你在講台上說出這個故事時，也就是聽者眼睛發亮的時刻，試試看！

第二招

他人的故事

當我要對未來感到茫然、不知道如何規畫未來的年輕人談「未來就職規畫」時，我都會說說大學同學的故事：

還記得大學時，我們都會相約去唱KTV，點歌時會挑最流行的歌來唱，為的是要吸引他人目光、獲得讚賞，但有位同學不一樣，他每次去都只唱伍佰的歌，雖然不是唱得很好聽，可是非常投入。結果唱到最後，我們往往忘了彼此唱了什麼歌，但一定記得那位伍佰同學，甚至有人因為他唱伍佰的歌時投入的神情而喜歡上他。我們一票男同學當時實在搞不懂，為什麼他比我們這些花時間練習流行歌的人還能讓女生印象深刻、受人歡迎？

現在回想起來，我終於懂了，因為追逐流行是大多數人在做的事，多到眼花撩亂，當然也就無法讓人印象深刻。但是專注在自己的興趣或專長的人相對少很多，也因此顯得獨特且印象深刻了。

同學，如果你對未來就業還很茫然，可能就是因為你想跟著流行走，就像我們拚命練唱流行歌一樣，但流行歌那麼多，怎麼可能練得完？最後總是東練一首、西練一首，因為練得不精，無法讓人留下深刻印象，還不如問問自己最喜歡的歌手是誰，選擇自己最有興趣的路吧。安下心來的琢磨不僅省下三心二意的時間，還會讓人印象深刻。

當你在表達時，如果這樣說：「我朋友曾經發生過一件事……」、「跟你說一個我室友做過的超離奇事件」、「這讓我想到，有一次我媽……」，光聽到這幾個字，就足以讓聽者豎起耳朵傾聽了。人都有好奇心，說一個主角雖然不是你卻令你印象深刻的故事，也足以吸引聽者注意力。而既然是你印象深刻的故事，你講起來一定也很生動，不容易忘記重要情節。所以，平時家人、朋友和你說了什麼讓你印象深刻的生活遭遇都要記起來，哪天上台時，剛好符合主題需要，就可以使用喔。

從今天開始，每次和親朋好友聊天，聽到讓你印象深刻的經歷，一定要立刻把它記起來，而這就會是你以後上台最好的吸睛故事！

第三招

寓言故事

我在上「表達技巧」這堂課時，都會引用《西遊記》的故事：

你們覺得《西遊記》的四位主角——唐僧、孫悟空、豬八戒、沙悟淨，哪個人講話最有說服力呢？

沙悟淨嗎？不是。他總是最安靜的人，大都聽吩咐做事。這樣並不是不好，只是存在感很低。我建議在職場上還是要學會適時表達自己想法的技巧，畢竟我們都不想在職場上被當成透明人，對吧？

那麼是唐僧嗎？也不是。唐僧這個人一有話想說就會這樣：「悟空啊，為師和你說，嘰嘰喳喳、巴拉巴拉、圈圈叉叉、這這那那、東東西西、左左右右……」最後孫悟空聽到受不了，大喊：「師父夠啦，你到底要說什麼？講重點啦！」唐僧又說：「怎麼可以那麼不禮貌？看為師唸緊箍咒。」你看，又是一場吵鬧和沒效果的溝通，唐僧的表達總是抓不到重點。如果你在表達時曾被人說：「你的重點到底是什麼？講重點好不好！」你大概就是唐僧這一型的，要練習表達前先歸納出說話重點。

是孫悟空嗎？也不是。想像一個場景，豬八戒和孫悟空有一次去河邊喝水，老豬一到河邊就興奮地衝過去，結果不小心腳一滑，掉到水裡去了。明明是他自己不小心掉進水裡，卻一顛一跑地回去跟師父唐僧告狀，說是大師兄故意捉弄而讓他掉進水裡。他說：「剛剛大師兄捉弄我，害我掉進水裡，我們去河邊喝水時，大師兄在背後踢我一腳，害我摔進河裡，你看這衣服現在都還溼著！」聽起來很有說服力。唐僧轉頭問悟空，你猜悟空怎麼說？他說：「我懶得說那麼多，總之我沒那樣做，師父你愛信不信就隨意。」想想看，如果你是唐僧，聽了這兩方說詞會比較相信誰？十之八九是豬八戒，所以孫悟空免不了又是一頓緊箍咒伺候。在職場上，你像孫悟空一樣說話總是不被人採納或信任嗎？那麼你要開始練習，將想法附上具說服力的事實和理由，不然就像孫悟空一樣，總覺得知音難尋呀。

所以是豬八戒嗎？對，就是他，他就是講話最具說服力的人。我們來回溯他在師父面前的那番話：「剛剛大師兄捉弄我，害我掉進水裡（觀點），我們去河邊喝水時，他在背後踢我一腳，害我摔進河裡（原因），你看這衣服還溼著（證據）。」有觀點，有原因，有證據，這就是職場表達上最基本的句型，這才能讓人聽懂、想買單你的想法。

沙悟淨，總是不說話，沒觀點沒原因，也就沒有存在感；唐僧，只有原因，聽不到觀點，顯得碎唸，沒有重點；孫悟空，只有觀點，沒有原因，讓人覺得自以為是，得不到認同；只有豬八戒，表達時有觀點有原因有證據，當然在職場表達時最具說服力。因此我們在表達時，也應該向豬八戒學習。

寓言故事有個好處，就是角色都是大家熟悉的，愈是大家耳熟能詳的寓言故事，就愈能拿來和上台的主題做連結。就像上述的例子，拜漫畫、影視作品所賜，沒人不認識孫悟空、豬八戒等角色，所以你用他們來說故事，聽者馬上就有共鳴。

除了《西遊記》，你還知道哪些寓言故事呢？我就很常用「龜兔賽跑」、「三隻小豬」、「司馬光打破水缸」等故事，而有位企業講師非常擅長把金庸小說的情節和課程主題連結，讓人印象深刻。但要注意，先問自己這個寓言故事和本次上台主題的關聯性為何，也就是故事三大重點的第一點──故事一定要有目的。你對哪些寓言故事印象深刻呢？找一個來和你的上台主題進行連結吧！

第四招　歷史故事

當一個新團隊成立，我在談「團隊分工」的重要性時，都會說說國父孫中山的故事：

大家都知道，經過十一次革命，終於推翻滿清政府，建立了中華民國，孫中山成為了國父。但在這十一次革命中，其實他並沒有親自參與最前線，他都在幹嘛呢？他都在國外四處演講，籌募資金，供給革命所需。你看，雖然他不在前線，沒有為革命砍過一刀、射過一彈，但革命成功時，很多人依然尊他為領導者，為什麼？因為做好後勤資源，也是成功很重要的部分。

我要說的是，團隊目標確立後，每個人都要各司其職，沒有哪個工作比較重要，也沒有哪個工作不重要，做好分配到的工作，任務就有可能成功，於是大家都是功臣，即便你沒有在第一線，也是團隊的功臣。我們要分工，更要明確知道每一份工作都很重要，都是達成目標不可或缺的環節。

歷史故事和寓言故事一樣，角色都是聽者所熟悉，馬上就能產生共鳴，融入故事情節之中。換言之，在選擇要說哪一個歷史故事時，先問自己故事中的角色是否為聽者普遍所熟悉，例如中國的三國時期，因為有很多電玩、電影、漫畫改編，所以大家對裡頭的角色都耳熟能詳，非常適合拿來和課程主題進行連結。

你有沒有特別喜歡哪一段歷史呢？有沒有特別對哪一位歷史人物印象深刻？為他們講一個和主題有關的故事吧。

結語

關於「故事」的提示

- 親身經歷的故事最容易搜集，而且說起來最具感染力，建議可以先從親身故事搜集。
- 大家小時候幾乎都聽過寓言故事，所以對故事主角會有共鳴，選取的關鍵在於能否和教學主題有連結。
- 歷史故事要選大家都熟悉的人物，像是諸葛亮、司馬懿、劉邦、蘇東坡、李白等。
- 關於說好故事的技巧，十分推薦許榮哲的《故事課1：3分鐘說18萬個故事，打造影響力》和歐陽立中的《故事學：學校沒教，你也要會的表達力》，書裡有非常多的故事，同時也能讓你學會說故事。

第二類：具體

一百句籠統的表達，抵不過一句具體的陳述。愈籠統，聽者愈不容易懂；愈具體，聽者愈能吸收。而要把籠統抽象的內容變具體，考驗上台者對於主題的了解和掌握程度，掌握得愈深，就愈能把籠統化為具體。

我提供四個化籠統為具體的方法，分別是「比喻」、「道具」、「展示產品」和「影片」，每位上台者都應該思考自己要講的內容，能否透過這四個方法變得更具體，好讓聽者更容易了解。

思考的步驟是這樣的：

一、先抓出內容中籠統的部分。

二、思考是否有比喻、道具、展示產品和影片可運用。

為了能善用這四個方法，平時的搜集就很重要，不過不是漫無目的的搜集，而須先確定好內容的重點，只要看到和主題有關的比喻、道具、產品或影片，就會非常敏感地意識到這是必要的素材。

第五招 比喻

如果你有一個三至五分鐘的短講時間，你希望聽者在你分享結束後能對你的觀點印象深刻，有哪些關鍵技巧要注意呢？我認為其中的關鍵是：「如果只能講一個重點，那會是什麼？」少即是多，就是短講的關鍵，短時間內說太多重點，只會讓聽者一個重點都記不住，因為訊息量太大了。

關於短講的概念，如果你要用一個東西來比喻，讓聽者一聽就明白「少即是多」的概念，你會拿什麼來比喻呢？

我是這樣說的：

現在你桌上有兩種食物，第一種食物是一碗飯，裡頭有高麗菜、空心菜、麻婆豆腐、豬腸、豬舌、豬腰內肉，還淋上一圈香甜的醬油膏；第二種食物是一個很大的白色盤子裡有一塊上等豬排和兩根蘆筍。你猜哪一種比較貴？答案通常是第二個，因為第一種食物吃完後，其實很難回想起來到底吃了什麼，就是覺得吃很飽而已；但吃完第二種食物，會很清楚記得自己吃了一塊上等豬排，肉質美味又有嚼勁。能夠記得，那就值得更高的價格了。

短時間的上台表達，我們就要像第二種食物那樣沒有太多的內容，卻讓人印象深刻。如果你像第一種食物那樣把全部東西都放在同一個碗裡，聽者可能什麼也記不住，那麼這段短講就沒意義了。

因此上台時，對於需要講一些籠統、兩難或複雜的內容時，不應該直接闡述，因為會讓聽者不易聽懂。我們要善用「比喻」。就像以第一種食物比喻上台內容講很多的情況，第二種食物則比喻上台只專注講好一個重點，這樣聽者立刻就聽懂了！

第六招

道具

我在輔導上班族或大學生，提醒他們表達很重要、不要忽略表達時，我知道說大道理會讓他們聽不進去，所以我會善用道具。以「表達」這個主題來說，我會使用「珍珠奶茶」和「吸管」這兩種道具。

我會先送給與會者一人一杯珍珠奶茶，但在他們桌上放的是細吸管，接著我會說：「怎麼是細吸管呢？還是這種吸管也能吸到珍珠？不然你們吸吸看。」於是有學員把細吸管插進去，試著吸珍珠。想當然是吸不起來。正當他們懊惱之際，我說：「其實我們的專業就像珍珠奶茶裡的每一顆珍珠，但是珍珠再多、無法被吸出來，依然是沒有價值。所以表達就是吸管，好的表達技巧就是把吸管的直徑擴大，讓人可以聽懂你的想法、吸取你的專業，這樣你的想法和專業才有價值啊。」

通常採用這樣的比喻後，就不用長篇大論去說明為什麼表達很重要，與會者馬上就聽懂了。

道具其實就是比喻的具象化，有具體的物品就能吸引聽者的目光，是個好用的吸睛方法。如果你已經為你的內容想好比喻，不妨問問自己，把比喻具象化、直接把道具拿到台上是否可行？如果可行，那就更吸睛了！

第七招 展示產品

相信你一定記得，蘋果創辦人史帝夫．賈伯斯（Steve Jobs）在iPod發表會上，當他從牛仔褲口袋裡拿出iPod時，那一幕簡直是全場的高潮；還有另一場發表會，當賈伯斯從牛皮紙袋中拿出Mac Air時，全場也是沸騰了。如果你要說明一項產品，不如把實體秀出來，這就是賈伯斯教我們的。

有位小學教師要在課堂中說明「毛細作用」，雖然課本裡也有圖片和詳細的文字說明，但老師端出一盆清水放在桌上，然後拿出一條乾毛巾，把其中一端放進水盆，另一端放在桌上。從水盆端出的那一刻，同學的目光就被吸引了。老師講解完毛細作用後，請同學排隊來觸摸桌上原本是乾燥的毛巾，同學赫然發現，沒有放到水裡的毛巾竟然也溼了。透過實際展示，同學們對此現象的印象更深刻了。

和比喻、道具不同的是，展示的產品就是實實在在展現我們要講的內容，如果你要介紹安全座椅的重要性，就直接把安全座椅拿上台；如果你要介紹一隻稀有的貓頭鷹，那就帶這隻貓頭鷹來現場；如果你要告訴大家蚊子無所不在，而且容易傳染致命疾病，你可以在上台後把原本關在透明玻璃盒的蚊子當場放出來。人是視覺的動物，你讓他看到具體的東西，你就能吸引他的注意力。

第八招 影片

我曾和某所國小合作推動一個父親節企畫，邀請學生在父親節前夕打電話對爸爸說「我愛你」，但是這需要營造出適當的氣氛，才有機會讓同學們一鼓作氣地打電話回家。所以那時候我就借用了影片的力量，我使用的是知名樂團「蘇打綠」的〈小時候〉這首歌，抒情的旋律搭配充滿意境的歌詞，同學的情緒很快就被帶動起來，紛紛舉手表示願意打電話給爸爸。可以說，活動大獲成功歸功於影片的氣氛營造。

因此，只要把想講的主題搭配適當的影片，透過聲光效果的加持，就能有效抓住聽者的注意力，協助你傳遞所要表達的想法。

如果你運用了影片，你會發現教學節奏變得特別慢，這是因為影片通常有一定的長度，所以為了避免聽者只記得影片而忘了影片和主題的關聯性，播放影片中要適時暫停，並說明影片情節和主題的連結。此外，暫停在影片的哪個位置也是需要留意的關鍵，通常會暫停在和主題最有關聯的情節處，然後由上台者進行主題重點的說明。

結語

關於「具體」的提示

- 在講述的過程中，「比喻」是最能立即運用的方法，不需要大量的時間鋪陳，也沒有場地空間的限制。而且運用比喻很容易能抓住聽者的注意力，讓籠統的概念瞬間被理解。
- 「道具」是比喻的實體化，拿出實體的道具更容易強化視覺的刺激。
- 透過影片中的劇情及聲光效果，把自己要說的概念具體呈現出來，更能抓住聽者的注意力。不過要找到能恰當傳達概念的影片，需要長時間的搜集和累積。

第三類：感覺

你讓聽者有感覺，聽者就會給你注意力，所以好的上台者善於創造聽者的感覺。

那麼上台時要如何創造感覺呢？這裡提供四個方法，像是「有感覺的陳述」、「懸疑揭曉」、「自嘲式幽默」和「創造交流」。

我認為，「創造交流」是其中最容易的方法，基本上現場要有笑聲，來自於聽者間彼此有交流的機會。「自嘲式幽默」是最考驗臨場反應的，可遇不可求，但要謹記，千萬不要藉由笑話聽者而達到幽默的效果，拿捏不好反而讓現場很尷尬。而「有感覺的陳述」是我認為最不容易做到的，因為光靠陳述就要讓聽者有感覺，內容素材必須經過精挑細選。「懸疑揭曉」則仰賴平常的素材搜集，只要找到和主題相關的謎題，吸睛效果都會加乘。

第九招 有感覺的陳述

在作家侯文詠的《請問侯文詠》一書中，曾有一段陳述至今仍讓我難以忘懷，大意是這樣：「我和太太都很喜歡看日本的深夜節目，其中有一集他們在比賽誰是全日本最噁心的人，終於來到了總決賽，有兩個人互相爭奪總冠軍，第一個人一上台，他就拿起了一個杯子，請現場來觀看錄影的觀眾，一人吐一口口水到杯子裡，接著他當著大家的面，把那一杯口水給喝下去，那真是噁心至極，這個人毫無疑問的也得到了冠軍。」

這就是讓人感到「噁心」的陳述，不僅抓住了我的注意力，還讓我至今難以忘記。

侯文詠透過這個故事，描寫大家對於同一件事情會有完全相反的看法。當我們觀賞浪漫愛情劇時，男女主角互相擁吻，那時的口水我們就覺得很浪漫，可是日本深夜節目的口水，我們卻覺得很噁心，同樣是口水，我們竟然有完全相反的看法。這提醒我們，只要我們願意，都可以主動改變對一件事情的看法，例如「小明很膽小」，其實也可以看成「小明很謹慎」。

從生活中可以找到許多這類引起感覺的陳述，像是開心、緊張、興奮、落寞、悲傷、失望……。你要記錄生活，有一天當你上台有需要時，生活就能為你所用。

第十招 懸疑揭曉

這個方法像是出個謎語，讓大家來想答案，我在分享「激勵型」講座時，就常會出謎語邀請在場聽眾猜。

舉例來說，想像自己站在電梯前，這棟樓總共有十樓，電梯每到一層樓就停一次，門會打開，外面都放著一顆鑽石。你無法選擇自己要到哪一樓，因為電梯門會逐層樓打開，而你可以選一顆鑽石，但只有一次機會，拿了就不能更換。例如你拿了三樓的鑽石，但就算看到六樓的鑽石比較大顆也不能更換；或者你打算拿十樓的鑽石，沒想到電梯門一打開，發現竟是最小的一顆，這時你想要返回去拿其他樓層的鑽石也沒辦法了。好的，請問你會怎麼選擇，要拿哪一層樓的鑽石呢？

通常，我會請聽者兩兩一組討論一分鐘，接著請大家舉手發言，最後再公布我的答案。

這就是「懸疑揭曉」抓住注意力的方法，你可以在日常生活中多搜集一些謎題，碰上適當的場合就可以善加運用了。

我每天都會看報紙，看到有意思的內容時，就會想辦法把它變成謎語，至今我已經累積了超過三百則的謎語。每次上課，當沒有其他招式可用時，謎語就是我的救命招式，能夠有效調整教學節奏。我最新搜集到的是：「日本奧運決定所有聖火都用氫氣點燃，而不用瓦斯，你們知道原因嗎？」只要長期搜集，每次上台就可以找到適合主題的謎語喔。

第十一招 自嘲式幽默

玩笑開過頭，導致有人生氣或氣氛變尷尬的情況時有所聞，幽默的分寸拿捏非常不容易，一不小心就會造成誤會。在台上時尤其要小心，千萬不要自以為幽默地拿別人開玩笑，很容易引火焚身。所以一般來說，自嘲式幽默最穩當、效果也最好，以下是我最常用的自嘲式幽默：

大家好，我是曾培祐，身高一八一，體重一四一，最害怕的就是有朝一日身高和體重變成一比一（通常到這裡就會聽到笑聲了）。因為我實在太喜歡吃東西了，尤其是麻辣鍋，所以如果有一天你在某家店遇到我，看到我正低頭猛吃，歡迎你來打聲招呼，順便提醒我，小心變成一比一，我會感謝你一輩子的。

在一些適當的場合中，我常會這樣自我介紹。

有時候我提出問題，發現沒人理會我時，我就會說：「我上課有無聊到這種地步嗎？大家已經恍神到沒聽見我問問題囉！」（記得口氣要輕鬆點，大家就會會心一笑，氣氛也比較自在。）

值得注意的是，自嘲也是要拿捏分寸，最高原則就是：不要拿自己的專業自嘲。例如你是教寫作的老師，你不能說：「我寫出來的東西都沒人要看，我很難過。」這麼一說會讓人質疑你的專業。你可以這樣說：「每次寫文章時，我都緊張到一直跑廁所，卻在廁所裡寫出百萬點讚的文章。很多人問我寫作的訣竅，我都會說：你需要有一個舒服的廁所……」這種說法就不會影響到你的專業度。

適當地開自己一個小玩笑，在不影響專業並和主題有連結的前提下，把自己的糗事、衰事說出來博君一笑，是很吸睛的一種方法。

第十二招 創造交流

提問是創造交流的有效方法，有交流，氣氛就會熱絡，就能引起聽者的好奇和注意。比如說，如果我一上台就問台下一位聽眾：「你的另一半做過最讓你感動的事情是什麼？」當我這樣一問，是不是全場就會很好奇這位聽眾的答案究竟是什麼？不過有人會說：「我也想透過提問來創造交流，但每次問了之後都沒人回應，到最後還是我自問自答，該怎麼辦？」其實，提問是有訣竅的，我通常會這樣做：

步驟一：先問封閉型的問題，像是「你曾做過自認為很失敗的簡報的人請舉手」（封閉型的問題即「有或沒有」、「是或不是」，然後讓聽者舉手回應）。

步驟二：再問開放型的問題，指定舉手的人，例如：「來，Maggie，請你說說失敗的簡報通常有哪些元素。」（通常這種情況下，Maggie會比較容易回答。）

如果一開始就直接問開放型的問題，像是：「有沒有人要分享一下，失敗的簡報通常有哪些元素？」這時可能換來一陣沉默，那可就尷尬了。

所以，創造和聽者的交流要透過提問方式，而提問要先從封閉型的問題切入，尋找舉手的人，接著指定舉手的人來回答開放型的問題。

結語

關於「感覺」的提示

- 引起感覺的陳述，關鍵在於細節的描寫；細節描寫得愈詳細，就愈能讓聽者有感覺。

- 懸疑揭曉的關鍵是創造懸疑的氛圍，所以不要急著公布答案，要讓聽者想個三十秒或討論一分鐘後再公布答案，才能達到效果。
- 自嘲時的底線是不能在專業上扣分。如果你是簡報講師，可以說說開車時跟著導航走卻迷路的糗事，但不能說到了簡報現場才發現沒帶檔案的糗事；後者有損簡報講師的專業形象，會降低聽者當下對你的信任感。

第四類：實作

讓聽者動手做，一來可以運用剛剛聽到的重點，實際演練，更能融會貫通；二來從坐著聆聽到自己動手做，節奏的變換也是抓住注意力的好方法。

關於實作有四個方法，包括「心理測驗」、「情境模擬」、「任務演練」和「案例討論」。「心理測驗」是我最常用的一招，只要上網蒐尋和主題有關的心理測驗，並列印下來（要注意版權），在適當時機讓聽者進行測驗，通常效果都很不錯。「情境模擬」是大家比較常忽略的一招，其實只要把自己要講的主題，思考一下如何讓聽者演出來，也是非常好的情境模擬。但如果你的主題屬於每年重複的內容，建議要保留上一屆學員的成果，並事先徵求同意，讓你在課堂中使用，這樣在討論案例時就是非常好的素材了。

第十三招

心理測驗

坊間有許多測驗如「團隊類型測驗」、「DISC人格特質測驗」[1]，若與教學或演講主題相關，都可以拿來給聽者進行測試，這也是抓住注意力的好活動。

特別是當選擇的測驗題組具有公信力，比如某大學或某知名企業新進員工必做的「○○測驗」，會讓學員在進行測驗時特別認真，對測驗結果的印象也會特別深刻。

這種做法有助於和上台主題做連結，是抓住注意力非常好用的方法喔。

第十四招

情境模擬

我曾經設計過一個有趣的任務，名稱叫做「要求我買珍珠奶茶請整個團隊喝」，而我就坐在台上，讓學員以任何方法來問我問題，每分鐘可以問一次，我會回答好或不好，看看大家會用什麼方法讓我點頭說好。

實際操作時，學員用盡各種方法問我，但我都只說「不」。接著他們可以討論一分鐘，如此循環進行。大概到了第七或第八次左右，學員開始顯得意興闌珊，覺得我就只會一直說不，有人變得很沒動力。

這時我會請學員來問我問題之前先經過團隊投票，看是繼續說服我或選擇放棄，如果放棄就結束了；但如果選擇繼續說服我，如果達到多少次數後我仍拒絕的話，學員就要請我喝珍珠奶茶。

通常大多數團隊會選擇放棄，只有極少團隊會繼續。

你看出這個情境在模擬什麼嗎？這其實是在模擬「國父十一次革命」。

1 DISC測驗由美國心理學家馬斯頓（William Moulton Marston）所發展，認為人的性格由四種類型組成，以解釋個人的情緒和行事風格。

透過這個過程，可以讓學員看見一件事情失敗了那麼多次，還可以繼續號召眾人前進，是多麼不容易的事。

你也可以依照上台要分享的內容設計情境模擬，要分享的內容就好像是劇本，然後上台者是導演，聽者是演員，大家一起把內容演出來，只要增加一點巧思，馬上就會讓聽者有不一樣的體驗。

第十五招 任務演練

當我在分享「人際關係」這個主題時，通常會進行一項任務演練，方式如下：

請找五位現場的朋友，每位朋友都要能說出三句讚美他的話，沒錯，就是在和他互動的短短時間裡，說出三句讚美他的話，而且必須附上原因，比如我覺得你好漂亮，你的笑容還有你的髮型，都讓我覺得你好漂亮。

接著我會請他們寫下這一年來最不想碰見或談話的對象，共三位，然後同樣在紙上寫下三句讚美他們的話，並寫下原因。

這麼做的目的是要培養人際關係，通常是從看見對方的優點開始，你愈能說出對方的優點，就愈能拉近和對方的距離。反之，則愈容易和對方心生嫌隙。透過這個方法，就是一項任務演練了！

任務演練就是讓聽者練習的意思。有些技巧導向的課程聽起來很容易，但實際練習後才發現其中的眉角。而任務演練時，不管是演練者或觀看演練的人都會集中注意力，這也就達到了吸睛的效果。

第十六招 案例討論

我在讀研究所時，教授最喜歡運用案例討論，透過這個方法，學生不僅能夠專心，也能學以致用。

當然，上台時使用的案例可能不用像研究所的案例一樣嚴謹而複雜，平時多留意新聞、時事、書籍或雜誌的案例，只要和上台的主題有關，就可以搜集起來，等待適當時機加以運用，也能有效抓住聽者的注意力。

例如我與求職人士分享「履歷表撰寫技巧」時，我會在簡報上放入之前輔導對象的履歷表內容，接著請大家討論這份履歷哪裡寫得好、哪裡可以再加強，通常對於抓住聽者注意力的效果都非常好喔。

結語

關於「實作」的提示

- 心理測驗如果選用有公信力的題組，聽者會很在乎測驗的答案，也會很認真做測驗，能夠造成很好的吸睛效果。
- 情境模擬就像是把內容當成劇本，把聽者當做演員，然後一起把內容演出來。透過模擬的過程，聽者會更了解內容想要傳遞的重點。
- 任務演練是技巧導向課程的必備招式，透過任務演練，聽者才能消化學到的重點。
- 案例討論十分好用，但對講者而言格外要花心思的地方在於事前對案例的編輯，不要把案例直接給學員，因為這麼做很容易讓討論失焦，因此，適當編輯是關鍵。

第五類：肢體

肢體可說是基本功中的基本功，包括語調、音量、走位、手勢，但根據我長期的觀察，上台者經常忽略這四項抓住注意力的重要技巧，關鍵就是他們是背逐字稿卻又沒記熟。

我不反對背逐字稿，畢竟每個人的習慣不同，但既然要背逐字稿，就應該記到滾瓜爛熟。什麼是滾瓜爛熟？即在緊張的狀況下還能不忘記的程度。因為只有當你不用想著下一句要唸什麼的時候，才能在語調、音量、走位和手勢上多加著墨。

如果你真的背不起逐字稿，建議你可以試試我的方法，也就是記住大綱就好，不用到逐字稿。

第十七招 語調的變化

上台最重要的元素是什麼？就是「自信」。就「自信」來說，你可以有多少種語調的變化呢？如果你可以練就至少三種語調的變化，那麼上台時就能憑著語調的變化抓到聽者的注意力了。

而和語調變化相反的就是平鋪直述。如果一句話裡的每一個字都是平平地唸過，那就跟Google小姐在唸沒什麼兩樣，一下子就讓人晃神了。試試讓自己說話時有語調的變化，就是直接抓住注意力最簡單的技巧。

第十八招 走位的變化

上台時，切記不要只站在同一個地方，有時候靠近右邊的聽眾，有時候靠近左邊的聽眾，有時候又往後走和後方的聽眾互動，這就是走位的變化。

當你站在不同的位置，附近的聽者就會特別專心。所以如果場合允許，不要站在同一個位置，要適時走動，就可以有效抓住注意力。

第十九招 音量的變化

說到重點處，可以把聲音放大，說到緊張處則讓聲音變小，這就是音量的變化。

說到感性內容時，比如說故事，音量的調整可以有較多大小聲的變化；說到理性內容時，比如商業簡報，音量則盡量一致，只要善用音調變化就可以了。

第二十招 手勢的變化

手部動作通常是平貼兩側即可，切忌手不要無意識地晃動，或是兩手不斷搓揉、玩弄衣服釦子，這些都會讓聽者分心。

運用手勢是為了達到讓聽者對內容有更深刻印象的效果，比如：「關於上台抓住聽者注意力的重點有三，第一點是（手比『一』）……；第二點是（手比『二』）……；第三點是（手比『三』）……。」當不需要使用到手勢時，則把手放回大腿外側，不要亂揮動，以免分散聽者的注意力。

運用手勢時，盡量在自己的胸口附近，如此最能抓住聽者的目光。記得不要放在腰間，因為聽者其實會看不清楚，無法達到最好的效果。

結語

關於「肢體」提示

- 語調的變化經常被上台者忽略，語調平淡就很容易讓聽者分心。所以試著先從一段話中的某個詞產生語調變化，讓說話有抑揚頓挫的效果。
- 走位和原地晃動是不一樣的，走到一個定點後就要讓自己站定不晃動。適時的走位能持續吸睛，原地晃動是不專業的表現。

第六類：互動

如果上台者只有一人唱獨角戲，又能讓聽者專注，那需要非常好的表達功力，像是前面介紹的「故事」、「情感」、「具體」、「肢體」都用上，才能有好效果。但其實有個方法可以比較輕鬆就抓住聽者注意力，那就是創造聽者互動的機會，不管是聽者和上台者的互動，或是聽者間的互動。

關於「互動」的方式，我提供「最小互動單位」、「進行投票」、「小組討論」、「聽者產出」這四招，它們可以彼此互相支持，例如最小互動單位是兩人，兩人討論結束後進入小組討論，最後邀請小組進行產出，這是一種較長時間的互動。

如果是短時間內的互動，則可把這四招拆開來使用，詳細運用方式請參考接下來的示範說明。

第二十一招　最小互動單位

我們都知道，讓聽者彼此互動最能讓氣氛熱絡起來，問題是該如何做到呢？這時，你可以採用「最小互動單位」來進行。

當一組的人數太多時，比如說五個人一組，首先分組就不容易執行，如果聽者之間互不認識，要找到五個人的難度就很高，很多人乾脆坐在原地不動，如此就沒有達到分組的效果，更不用說接下來的互動行為了。如果一組的人數太多，互動時難免有人會放空，同樣也會讓互動效果大打折扣。

所以，想要互動效果好，一開始互動時可以兩人一組為單位，也就是最小互動單位，不僅容易分組，討論時有人放空的機會也就大大降低。

第二十二招 進行投票

請聽者投票，是創造互動效果的好方法，而投票的方法很多，包括舉手投票、貼紅點投票、畫正字記號投票等。

舉例來說，我在分享「職場簡報」主題時，會發給各組一張NG簡報，然後請他們進行修改，並於五分鐘後發表結果。通常在發表結束會由講者給予回饋，但這樣其他組別就可能被晾在一旁。這時我會採用投票法，請各組將完成的簡報貼在牆上，每一組都分享完畢後便進行貼紅點投票，一人有兩票，可以投給心目中最專業的兩張簡報。

如此一來，所有聽者都會投入其中了。

第二十三招

小組討論

小組討論是很常用的互動方式，照理說應該不用多加介紹，但這個方法有以下幾個地方要特別注意：

一、**一定要有時間限制**：討論時間如果沒有限制，小組就會比較沒動力，甚至可能跑去喝水啊、上廁所啦或聊天什麼的。

二、**一定要有明確產出**：最好就是給每個小組一張對開海報紙，請他們把討論結果寫在海報上，並在討論結束後上台報告。

三、**人數不要超過六人**：前面說過最小互動單位是兩人一組，而一組最多不要超過六人，不然很容易有組員未參與討論。

四、**小組分享完畢要給予回饋**：小組討論結束後，一定要給他們分享的機會。分享之後，講者要給予回饋，或是用投票法創造回饋。

第二十四招 聽者產出

邀請聽者分享他的想法，這個做法通常能有效抓住聽者的注意力。不過挑戰在於，聽者可能因為害羞或覺得自己的想法不夠成熟等原因，而婉拒了分享的邀請。

因此，除了採用前面提過先以封閉型提問、再用開放型提問，我自己還常用下面幾招來邀請聽者分享，其中的訣竅就是「借力使力」：

一、**善用便利貼**：請聽者將想法寫在便利貼上，當每位聽者都把自己的想法產出在便利貼上後，再邀請大家分享，就會比較順利。

二、**善用最小分組**：如果請聽者立刻對所有人分享，可能會降低他的意願，但若以兩人一組，再邀請他們將討論結果和所有人分享，這樣就比較容易了。

三、**善用手機App**：現在幾乎每個人都有智慧型手機，只要下載適當的App，就可以請大家在App裡發表自己的想法，並讓所有人看見，這也能創造良好的互動喔。

結語

關於「互動」的提示

● 互動的時間限制很重要，如果沒有加以限制，聽者很可能會恍神，訣竅是：一開始給予較短的討論時間，如果真的討論不完再延長時間。這是因為如果一開始就給了較長時間，比如說三分鐘或五分鐘，聽者的討論積極度或許就沒那麼強了。

● 如果遇到有人沒投入討論的情況，這時講師可以走到該組旁邊，詢問是否需要協助，並提醒時間所剩不多，等一下可能會請該組分享，請他們盡快討論。這麼做或許還是不會讓他們開始積極討論，但至少讓其他組了解，講者其實是有在觀察現場狀況的，他們的討論積極度不會受到影響而下降。

第七類：轉移

通常上台者都是靠嘴巴說重點，相信你應該不會反對；上台者拿著麥克風，靠著嘴巴的分享，把重點傳遞給聽者，這是我們最常見的情況。而只要改變這一點，就能有效抓住聽者的注意力。原本是從嘴巴輸出重點，如果上台者閉上嘴巴不講話，把重點轉移到投影片、講義、海報紙或A3紙上等，那麼內容的事前編輯就很重要，如何讓聽者看這些內容時能看懂，這考驗編輯的功夫。

把重點轉移到其他媒材後，接著要設計任務，讓聽者願意專心看，而不是走馬看花式地看過一遍。任務也不必太難，例如看完五張海報紙上的內容後，用兩分鐘在小組內分享你看到的重點，這就是任務，為了要分享兩分鐘，聽者就會專心看。

綜合上述，轉移就是「把內容移轉到其他載體」、「設計一個任務」、「聽者透過任務認真看內容」這三個步驟的搭配。

第二十五招 轉移到投影片

當我分享「人際溝通」主題時，我會把戴爾．卡內基（Dale Carnegie）寫的人際溝通七個重點整理成一頁簡報，然後出一個任務：「簡報會出現兩分鐘，請大家認真看看卡內基說的人際溝通七個重點。兩分鐘後會關掉簡報，接著我會出題請大家回答，題目都和這七個重點有關，所以你一定要認真看，才能答對我的問題喔。好，兩分鐘計時開始。」

兩分鐘的時間，我完全不說話，因為此時簡報正代替我的嘴巴說話，而這也是重新抓住聽者注意力的好時機。

第二十六招 轉移到講義

當我和老師們分享「教學吸睛」主題時，我會把「開場吸睛十招」原封不動地放進講義裡，所以講到開場吸睛這部分時，講義就成了我的嘴，我則閉嘴不說話。

我會設計一項任務，請老師看完開場吸睛十招後，把他們會在教室裡運用的其中三招寫下來，接著請同組分享為什麼是這三招。

第二十七招 轉移到海報紙

海報紙或A3紙、A4紙都是一樣的概念，把內容轉移到這些紙張上頭，然後貼在牆壁上，請聽者前去觀看學習，也是一種轉移的方法。

當我和老師們分享「如何在課堂中引導學生思考」這個主題時，我就把我設計的八種思考方法分別用A3紙列印出來，並貼在牆壁上。接著請老師們過去看，如果覺得哪一種方法適合運用在自己的教學中，就站在那一張紙下面。最後，選擇相同方法的老師們一起分享如何運用這個思考方法。

同樣地，此時A3紙就代替了我的嘴巴進行重點輸出，在聽者觀看A3紙的期間，我就閉上嘴巴不說話，免得造成聽者的認知負荷。

第二十八招

轉移到牆壁

牆壁是一個很好用的媒介，通常一間教室除了正前方的白板和投影幕外，其他三面都是牆壁，我們應該把它們想做是白板和投影幕的延伸，如果都沒用到就太可惜了。

我較常運用牆壁的方法有：一、將內容寫在海報紙上並貼在牆壁；二、將學員討論的重點記錄在牆壁上；三、把學員彼此的任務產出記錄在牆壁上；四、把上台時說到的重點列印出來，或是寫出來、畫出來，然後貼在牆壁上。透過這些方式的運用，你會發現牆壁上貼滿了非常豐富的內容，就可以請聽者前往觀看，既當做複習，也能從中設定一些任務，例如「從中選出一個你覺得最有幫助的想法」等。

結語

關於「轉移」的提示

- 當聽者注意力轉移到其他媒材上時，講者切記不要再說話，以免造成聽者混淆，不知道是要聽你說的話，還是看媒材上的內容。

- 進行轉移一定要搭配任務，這樣聽者才能真正的專心看內容。
- 轉移的關鍵在於事前對於內容的裁減，用最符合的形式放到簡報、講義、紙張或牆壁上。

第八類：點睛

所謂「點睛」，就是在內容中創造一個亮點時刻。通常聽者都對這亮點時刻印象深刻，甚至會在課後幫忙分享。在這一類中，主要分享四種創造亮點時刻的方法，包括「熟悉詞」、「疊字詞」、「公式」和「驚人數據」。

大腦的短期記憶是有限的，學者一般認為，短時間內大腦可以記住大約七個重點。舉例來說，這裡有七個重點：藍色、白色、ＡＩ人工智慧、機器人、猜拳、石頭、愛哭鬼，你都記住了嗎？即使你記住了，如果現在再請你記憶其他重點，是不是開始覺得有點負擔？問題是，我們的重點常常不只有七個，那該怎麼辦呢？這時就可以運用「熟悉詞」、「疊字詞」和「公式」

來減輕聽者大腦的負擔。

假設我現在說一個大家都很熟悉的詞，剛剛那七個重點可以完全靠這個熟悉詞記住，那就是「哆啦A夢」。上述那七個重點都和哆啦A夢有關，聽者只要記住哆啦A夢，就可以延伸記住這七個重點。如此一來，大腦的短期記憶區就能挪出空間來記憶其他重點，這下又能抓住聽者注意力了！

所以，善用「熟悉詞」、「疊字詞」、「公式」和「驚人數據」，是每個上台者必備的技能。

第二十九招 熟悉詞

分享「教學技巧」這個主題時，我會講三個重點：一、要能引起聽者的好奇心；二、要有讓聽者投入課程活動的方法；三、要有方法讓學生回顧課程重點。如果我只是單純地列點說明，聽者可能很快就忘記了，這時我就會想，是否有任何聽者所熟悉的詞能套用在內容中？

我想到了CPR，這是大家都熟悉的詞，因為只要想到急救就會想到

CPR，套用到內容就是：C是Curiosity，套用在課程開始，要有方法引起聽者「好奇心」；P是Participant，套用在上課過程中，要有方法讓聽者「參與」；R是Revisit，套用在課程最後，要有方法讓聽者「回顧」課程重點。本來不好記的內容，加入熟悉的CPR這熟悉的詞彙，立刻就可以記住。

當重點很多的時候，思考看看是否有聽者熟悉的詞可以套用，這就是一種記憶的亮點喔，例如「A、B、C、D是大家熟悉的四個單字，那麼A等於○○，B等於○○，C等於○○，D等於○○」，在設計內容時，就可以費點心思去構想。

第三十招 疊字詞

分享「教學吸睛技巧」主題時，我會運用三個「放」來讓聽者好記憶，分別是：開場要讓學生「放下」正在忙的事；老師教學時，講述法和講述法以外的方法須互相搭配，也就是「放慢」；課程最後要「放手」，即老師要讓學生自行整理上課的重點，這時老師要放下手中的麥克風，不再說話，讓學生的大腦有充足的時間專心整理重點。

開場要「放」下

上課要「放」慢

結尾要「放」手

三個「放」就是疊字詞的運用，聽者只要記住這三個「放」，就能聯想到上課的重點。

第三十一招

公式

公式可以達到畫龍點睛的效果，當你說完複雜的內容後，如果可以把內容總結為一個公式，對聽者來說更能加深印象。

我在分享「職場表達」這個主題時都會用一個公式：職場價值＝專業能力－溝通成本[2]。你的專業是一百分，但同事和你溝通時卻總是聽不懂，那

2 溝通成本是指你能否讓聽者輕易理解你的想法，愈能讓人輕易理解，溝通成本就愈低；反之，則溝通成本愈高。

麼你的溝通成本就是九十分，相減之後，其實你的職場價值才十分。透過這個公式，立刻就把主題的重要性帶出來了。

公式除了直接寫出來之外，還可以利用填空的方式，創造聽者們討論的機會。例如「壓力＝＿＿＿／＿＿＿」，這是我去參加舒壓課程時老師提出的公式。課程一開始，他在白板上寫下這個公式，並要學員兩兩討論空格裡要填的內容。這下子現場氣氛立刻熱絡起來，效果很棒。

這個公式的答案是：壓力＝任務／能力；你要執行的任務和你的能力旗鼓相當，就是好的壓力。倘若任務遠超過你的能力，就會被壓力壓垮；相反地，當任務遠小於你的能力，你也會感到無聊，長久下來將發現自己沒什麼進步，因為適當的壓力也是進步的動力。有了這個公式，當你感到壓力很大時就能進行拆解，究竟是任務太大或能力不足，也就有了明確的調整方向。

因為這個公式，讓我對這個課程記憶猶新，善用與主題切合的公式，是很好的吸睛方法喔。

第三十二招　驚人數據

我在推廣閱讀概念時，經常會運用「數據」這個吸睛技巧，例如我問聽眾：「你知道台灣人平均一年看幾本書嗎？答案是『兩本』。我們讀書會一個月就導讀了兩本書，而你用一個月的時間就趕過其他人一年的努力，一年後，別人根本看不到你的車尾燈了。」驚人數據可說是最能抓住聽者注意力的方法。

此外，我在分享「上台技巧」時也會問聽眾：「你知道上台開始講話，聽者會用多少時間判斷自己要不要專心聽呢？答案是『六十秒』。慶幸的是，六十秒已經可以做很多事了，讓我們一起看看六十秒能做什麼。」

只要找到和主題相關又讓人感到震驚的數據時，一定要記錄下來，以便上台時運用，相信一定能抓住聽者的注意力。

結語

關於「點睛」的提示

- 用熟悉詞當包裝，把內容重點放進去，方便聽者記憶，是創造亮點的好方法。
- 疊字詞讓聽者琅琅上口也好記憶，可以是中文，也可以是英文。
- 公式的運用要多聽講座、多看書，從中擷取靈感，把內容重點化成一個公式，非常有助於聽者記憶。
- 驚人數據要明確，不能說「四十五秒左右」，會降低數據的震撼力，四十五秒就是四十五秒，要非常明確，所以事前對數據的掌握要很精確。

第九類：信念

為什麼你要上台？為什麼你想把內容講給別人聽？你的內容價值和重要性是什麼？找到這些問題的答案，就是你的信念！所謂信念，就是你相信的事情，相信才會產生力量。你要問自己，直到找出上面三個問題的答案，因為這些答案能讓你上台持續吸睛。

這十年間，我致力推廣一個青年表達力公益講座，到各級國、高中或大學與學生分享表達技巧，獲得的鐘點費全數捐給家扶基金會，用自己的專業來做公益讓我感到非常有意義，同時幫助學生們學會表達技巧，我認為也很重要。雖然學生總是羞於上台練習表達，但我以故事、活動、激勵、引導等各種方法來引發他們願意上台的動機，有時真的很累，但一想到初衷，又讓我繼續站上下一個講台。沒有信念，你很難上台時持續吸睛。

「信念」和前面八類不同，不是具體的招式，有了信念，你會急迫地想把吸睛招式融入到你的內容裡，因為你知道，當聽者專心了，你的內容價值和重要性才能真正讓聽者接收到。而信念就只有一招，那就是「熱情」。

第三十三招 熱情

熱情，是抓住注意力的最後一招，也是最重要的一招。樂團「五月天」

為什麼會深得歌迷的心，我想這和阿信每次在演唱會上唱到滿身大汗很有關係，因為那讓歌迷感受到熱情。

上台時，如何才能讓聽者感受到你的熱情呢？

一、語調的變化：每個字都要放力氣進去，講話不要有氣無力。

二、形象的打造：把襯衫袖子捲起來，讓聽者感受到你充滿拚勁。

三、手勢的運用：大開大闔的手勢，可以彰顯出非常投入的樣子。

四、用字遣詞：重複關鍵字，重點句要一字一字慢慢說，讓人有感。

五、開場：開場時說明目標，並讓聽者感受到你不達目標絕不罷休的決心，像是：「今天我們如果沒達成簡報美化這個目標，我絕不離開，也歡迎你留下來。」

六、結尾：透過充滿活力的說明告訴聽者一起達成了什麼目標，或者完成了什麼事情，並邀請大家給自己熱情的掌聲。

如果是你，上台時打算進行哪些調整，好讓聽者感受到你的熱情？上台者充滿熱情，對聽者來說是最能抓住注意力了！

結語

關於「熱情」的提示

● 表達和一般的聊天不同，想要吸睛，語速、語調、用字、手勢都要貫注力量，要讓聽者感受到你的迫不及待，感受到你的樂於分享，而這一切都來自於你的信念。為什麼你覺得這些內容很重要，你得先找到能說服自己的答案。

● 當你上台緊張時或甚至緊張到不敢上台時，請靜下心來，問問自己對主題的熱情是什麼，讓這股熱情助你度過緊張的情緒。

08

小結：用兩步驟，準備好吸睛的上台內容

持續吸睛的關鍵就是「快／慢」的節奏變化；平鋪直述的講述法就是快，講述法以外的方法就是慢，而九大類共三十三招就是我上台時很常運用的講述法以外的方法，簡單來說，我就是運用這三十三招來創造「快／慢」的節奏變化。

而事前做好上台內容準備有兩個步驟：一、搜集相關資料，整理好要分享的內容重點；二：從三十三招中選取適合本次上台內容的方法，加入內容的講述中。

舉例來說，有位專門教銀髮族說英文的Apple老師，爺爺奶奶每次上她的課總是笑哈哈，而且課堂氣氛非常熱絡，完全不會發生六、七十歲老人上課容易打瞌睡的情況。她是怎麼做到的？以下是她備課時的情況。

步驟一（內容設定）：這堂課要教爺爺奶奶十種水果的英文單字。例如：banana（香蕉）、coconut（椰子）、grape（葡萄）、guava（芭樂）、pitaya（火龍果）、papaya（木瓜）、passion fruit（百香果）、wax apple（蓮霧）、pineapple（鳳梨）、strawberry（草莓）。

步驟二（教法設定）：用什麼方法才能讓爺爺奶奶專心聽？

- 講述法：我唸一遍英文單字，爺爺奶奶跟著唸一遍。
- 講述法以外的方法：「善用海報紙」和「善用牆壁」這兩招。

我事先把每一種水果的圖片加上英文單字，分別用A3大小的紙張列印出來，貼在教室牆壁上。等到爺爺奶奶們和我把十種水果的英文單字都唸完三遍後，我會出個簡單題目，比如我今天飯後想吃「grape」，grape是哪一張圖片呢？大家快站到那一張圖片下面。然後我隨機問一位爺爺或奶奶，他／她最想吃這十種水果中的哪一個，請他／她用英文說出來。如果他／她說了「pitaya」，所有人就要往pitaya的圖片走去。

就這樣以講述法唸三遍，又透過出題方式讓爺爺奶奶們去選擇，一堂課結束後，不僅記住了單字，還能讓整堂課保持非常高的專注力。

持續抓住聽者的注意力，其實並沒有我們想像中那樣困難，Apple老師都可以讓高齡的爺爺奶奶們專心一整堂課，我們只要善用這三十三招，注意「快／慢」節奏的轉換，一樣可以讓聽者持續專注。

思考時間

請模仿Apple老師的備課兩步驟，重新設計一段原本只有講述法的內容。

第三章

結尾吸睛：從聽懂到記住的關鍵一哩路

幾年前某一天，從一間位於十六樓的教室落地窗看出去，一〇一大樓就在前方不遠處，景色非常漂亮。在教室裡有六十位學員，全是某知名銀行的電話客服人員，接下來的六小時裡，我要為他們進行一場培訓課程。

我善用了「開場吸睛」的方法，在早上九點課程開始、而大家都還在用手機或三三兩兩聊天時，成功地讓大家放下正在忙和正在想的事，進入準備上課的狀態。接著在一整天的課程中，我不斷運用「持續吸睛」的方法，創造快慢轉換的節奏，在講述法和講述法以外之間切換，成功地保持學員的注意力。課程最後兩小時，部門經理來到教室現場，他坐在後面觀察上課情形，意外發現都已經到課程最後階段了，全體同仁竟還能如此專心。當我課程結束後，經理對我說：「很少有課程直到最後一刻，學員還如此專心，讓他大開眼界。」我心想，接下來應該還有機會持續被邀課了。

此時，學員正準備收拾物品離開教室，經理隨意問了一位學員：「你今天學到什麼？」該學員想了想說：「老師教的東西很多，我一時想不起來。」此話一出，我和經理頓時表情尷尬，畢竟如果學員沒學到東西，課程精彩、學員專心之類的都不再重要。經理不放棄地再問一位學員：「今天讓你印象最深刻的內容是什麼？」學員想了想說：「老師講的笑話讓我印象最深刻。」天啊！只記得我講的笑話，卻不記得上課的重點！我那時心想，這下慘了！後來，經理笑笑地把我送到電梯，和我互道再見，我就再也沒有從那扇落地窗遙看一〇一大樓的機會了。

從那天上課後我一直在想，為什麼學員上課如此專心，卻沒有記住上課的重點呢？為什麼？我帶著這個疑問再次踏上進修之旅，看了許多書、上了許多課、問了許多老師，終於找到了原因和對應的方法，也就是本章要談的「結尾吸睛」。

09

結尾吸睛關鍵：放手，讓聽者有時間整理資訊

如果有位老師上課被形容為「行雲流水」，你認為這是好還是不好呢？以前的我會認為這是好的，代表老師上課節奏順暢、快慢轉換適當，直到課程結束都能抓住學生的注意力。但現在我有了不同想法，原來「行雲流水」在教學上不見得是好的。

上台不要滔滔不絕，而要適度暫停

想想台灣的地形就知道了。台灣地勢中間高而東西狹窄，每次下雨時，雨水從高山上急流而下，很快就流入台灣海峽或太平洋。雖然年降雨量算非常多，缺水情況仍時有所聞，但我們也想出了因應的對策……沒錯，就是建造水庫，這成了儲存水資源

的方法之一。

老師教學就像流水，如果從上課第一秒就開始講，一路講到下課鐘聲響起，那就像水流一路奔騰到大海一樣一去不復返，什麼都沒留下。這也就是為什麼當年的那堂課下課後，學員記不得課程重點的原因。

上台者應懂得適時「暫停」，比如「剛剛六十分鐘的聆聽過程中，請在紙上寫下讓你感到疑惑和印象深刻的內容」。聽者書寫的時間就是「暫停」。暫停時間就好像水庫，讓水不會直接流到大海，一去不復返。

留給聽者可以反芻的時間

身為講者，要放開拿著麥克風的手，把麥克風交給聽者，聽聽他們的心得、疑問和收穫；放開麥克風也表示講者這段時間不再說話，現在是聽者的說話時間。美國作家烏瑞克・鮑澤（Ulrich Boser）的《學得更好》（*Learn Better*）一書裡問了一個很棒的問題：「學習關鍵概念最有效的方法是：A.把段落中的重點圈起來；B.重讀重要段落；C.針對段落內容做個小測驗；D.畫標出段落中的重要概念。」

根據眾多關於學習的研究，答案都指向C，認為教學過程中，不定時地針對段落內容做小測驗，學習效果會最好。同時，檢視A、B、D選項會發現一個共同點，即講者依然沒有放下手中的麥克風，他會拿著麥克風說「把這裡圈起來」、「把那裡畫起來」、「這裡全部一起大聲唸一遍」。沒有放手就沒有「暫停」，A、B、D三個選項依然是行雲流水的節奏，依然沒有給聽者的大腦足夠的反芻時間。

而C選項會有一、兩分鐘的暫停時間，讓學生為了完成測驗而思索剛剛學到的內容，就像前面「寫下讓你疑惑和印象深刻的內容」一樣。這就是講者「放手」的吸睛時刻。

思考時間

請放下書本，隨意走動三分鐘，並在這三分鐘內問自己：前面內容的重點是什麼？你會選擇哪三招呢？

10

結尾吸睛原則：把聽者放大、講者縮小

請你想一想，如果講者花了四十分鐘的時間，透過生活連結、小組討論、案例分享都沒辦法讓聽者理解或記住重點，又怎麼可能期待用最後短短的五至十分鐘，把內容重點重複述說一次，聽者就能忽然理解和記住呢？所以在分享的尾聲，把重點重新整理是很重要的，但透過講者的嘴巴把重點再列點講述一次並不是最適當的方法。

那可以怎麼做呢？應該把重點整理的時間交還給聽者，由他們自己整理，最能達到反芻的效果。而且如果是由小組進行整理，原本自己忽略的重點也會在討論過程中重新被發現，而有了新的收穫。

看到這裡，問題來了，你一定也希望聽者自己整理重點，但萬一他們不知道怎麼做而愣在那裡，該怎麼辦？舉個例子，最常聽到讓聽者自行整理的問句就是：「到這裡有沒有問題？」但每次問完這句話，現場就是一片靜默，於是講者只好拿起麥克風，自己把重點整理一次，度過這個尷尬的安靜時間。

創造暫停時間，就是讓聽者有時間思考

關於讓聽者主動整理反芻所學的方法，我想透過一個小測驗讓大家體驗一下。

現在離下課時間剩下五分鐘，老師的課程進度也上完了，於是宣布最後五分鐘是自習時間。此時，甲、乙、丙、丁四位同學分別在做這些事：

甲：邊看漫畫邊想：「如果我像主角一樣那麼帥就好了。」

乙：翻閱剛剛上課抄寫在筆記上的重點，並進行增減。

丙：看著操場上的同學，想著：「太陽那麼大，還在操場上跑來跑去，也太熱血了吧！」

丁：想著中午時如何買到一直很搶手的雞腿便當。

以上四位同學，請問誰有在思考呢？

答案可能只有丁在思考，因為空想和回憶不是思考，發呆或漫無目的的胡思亂想

也不算思考，而丁可能正認真地想藉由他所知道的各種資訊，像是前往餐廳的最短路線、雞腿便當的數量等，得出一個有目的（最有機會買到雞腿便當）的結論。

講者創造的暫停時間，就是希望聽者透過思考，對所聽到的內容更理解或印象深刻。而什麼是思考呢？華梵大學哲學系教授冀劍制老師說：「藉由組織一些基本思考素材，企圖得出一個思考的成果，那就是思考。」

在教室裡，聽者要組織的基本思考素材，就是剛剛聽講的內容，而要得出的思考成果，就是回應講者提出的問題。

有了上述對於思考的認識，接著或許可以改寫「到這裡有沒有問題？」這個問句，像是：「針對我剛剛講的內容，請每個人最少提出一個問題，最多三個。」「針對我剛剛講的內容」就是聽者要組織的基本素材，「每個人最少提出一個問題，最多三個」則是聽者要得出的思考成果，這樣就能讓聽者更知道要依據什麼內容來「思考」，以及「思考」的目的在哪裡。以後要問「到這裡有沒有問題？」時，可以參考冀劍制老師對思考的定義，重新問出更能引發聽者思考回應的問句。

讓聽者成為主角

你可能已經發現，本書在各段落的最後都有一個「思考時間」，那些問句也都符合思考的定義，每一章的結尾，「我」都嘗試放手，創造暫停時間，讓「你」透過思考，能對內容更加理解而且印象深刻。這就是結尾吸睛的功能。

結尾吸睛的原則就是把聽者放大。在這段時間，聽者是主角，由他們自己來思考和產出；同時把講者縮小，以觀察聽者思考的答案，並從其產出中明白聽者理解的程度，是否有哪些重點被誤會了或是沒注意到，最後還有補充的機會。

了解結尾吸睛的定位和功能後，你也許會好奇除了改寫「到這裡有沒有問題？」引起聽者思考外，是否還有其他實用的結尾吸睛方法？接下來，我將把我常用的九招一一介紹。

思考時間

為什麼在閱讀、演講或教學中，適時的創造「思考時間」是很重要的事？

11

結尾吸睛九招：引起思考，讓聽者對內容更有印象

結尾吸睛的關鍵在於引發思考，而引發思考的關鍵就是藉由組織基本思考素材，企圖得出一個思考成果。

上一節改寫了「到這裡有沒有問題？」這個問句，現在再出個情境題考考你：如果你和一位有陣子沒見面的朋友相聚，他問你「最近過得好嗎？」時，你的回答通常是「還不錯啊」、「還行」。這樣的問與答應該都無法促發思考。現在請你改寫「最近過得好嗎？」這句，新的問句須引發聽者反芻、思索這陣子的生活，你會怎麼問呢？我提供一個我的問法：「最近讓你感到開心的一件事是什麼呢？」透過這個問句，聽者必須「組織基本素材」，即最近生活中發生的每一件事，並且「得出一個思考成果」，即「感到開心的一件事」。這問題引發了聽者的思考。

當然，這只是個練習，因為和朋友吃飯聊天就是要讓大腦放空，刻意透過提問引發朋友思考可能沒那個必要。我只是想透過這個練習，讓你對思考的定義更加有深刻印象：藉由組織基本思考素材，企圖得出一個思考成果。

接下來我分享的這九招，都是希望創造上台時的暫停時間，引發聽者思考，達到對聽講內容的理解並加深印象的目的。我們就來看看這結尾吸睛九招囉。

第一招 Question Box

〔形式〕

每個人在紙上寫下一至三題對於剛剛聽講內容的疑問，然後丟進盒子裡，由老師抽題來回應，或由同學們互相回應。

〔規則〕

一、每個人拿一張Ａ４紙。
二、Ａ４紙對折，把對聽講內容的疑問寫在上半部。
三、將Ａ４紙投至講台前方盒子裡。
四、每位聽者抽一張Ａ４紙（不要抽到自己寫的題目）。
五、在Ａ４紙的下半部寫下該疑問的答案。
六、將Ａ４紙貼於四周牆壁上。
七、所有聽者瀏覽Ａ４紙上的答案。

〔注意事項〕

一、請聽者寫疑問時，要特別強調是針對剛剛聽講內容所產生的疑問，避免有些聽者的疑問過於發散。

二、如果時間有限，可由上台者自行從盒子裡抽出疑問回應。

三、如果是由上台者抽出疑問來回應，難免有人的問題會沒抽到，這時告訴聽者，可於分享結束後私下互動。

〔所需時間〕

五至十分鐘。

〔效果〕

請同學把問題寫在紙上這個動作，就是在請他們思考並反芻聽講內容。而請大家抽A4紙回答，也可以看看其他同學提出的疑問，透過解答過程，又再進行了一次複習。最後把A4紙都貼在教室的牆壁上，大家去看所有的內容，等於是把所有的重點再看一次。整個流程完全符合老師「放手」、讓學生自己複習內容的精神。

第二招　一人獨行

〔形式〕

請聽者從座位起身，繞行於固定範圍的空間裡，時間二到三分鐘，不得與他人交談，自己思考如何利用兩分鐘闡述剛才聽到的重點。

〔規則〕

一、請聽者從座位起身。

二、繞行固定範圍的空間（例如教室、演講廳）。

三、繞行時間約三分鐘，不得與他人交談聊天。

四、繞行期間思考一個問題：如何用兩分鐘闡述剛才上課聽到的重點。

五、邀請學員和大家分享。

〔注意事項〕

一、繞行時如果有人交談，要溫柔而堅定地提醒他們進行安靜的繞行，不與人交談。

二、如果有時間上的限制，無法讓所有人都有兩分鐘的時間分享時，可以挑選幾位自願者分享，或是兩人一組互相分享。

三、繞行時的題目可自行調整，大方向為針對剛才的聽講內容，進行反芻和整理即可，如此才能加深聽者對內容的理解和記憶。

〔所需時間〕

五至十分鐘。

〔效果〕

兩、三分鐘不與他人交談，獨自整理內容的時間，有助於聽者反芻思考，對於內容會有更深刻的理解和記憶。這段時間老師不講話、不討論、不引導，就是放手讓學生自己整理，讓學生釐清自己哪些內容已經懂了，而哪些內容還有疑問。

第三招

半驚半疑

〔形式〕

每位聽者拿兩張紙，在一張紙寫下對剛剛聽講內容感到「疑惑」的部分，另一張紙寫下對剛剛聽講內容感到「印象深刻」的部分。並由講者隨機抽點進行分享。

〔規則〕

一、每位聽者拿兩張紙。

二、一張紙寫下對剛剛聽講內容感到「疑惑」的部分，另一張紙寫下對剛剛聽講內容感到「印象深刻」的部分。

三、書寫時間預計二至三分鐘。

四、寫完後，由講者隨機抽點進行分享。

〔注意事項〕

一、如果兩張紙的顏色不一樣，就更能提醒聽者分別要寫的內容性質。

二、分享方式除了講者隨機抽點，也可以採取兩兩一組的方式進行分享。

三、聽者分享完畢可適時追問：「是什麼原因讓你這樣說？」例如聽者覺得「持續吸睛」的內容讓他印象深刻，這時講者應該追問：「可以多說一點嗎？」「是什麼原因讓你這樣說？」「是持續吸睛的哪一部分呢？請具體說明。」這樣更能加深聽者的反芻力道。

〔所需時間〕

五至十分鐘。

〔效果〕

很多講者會用提問的方式邀請聽者分享，例如對於剛剛聽到的內容有哪些印象深刻、哪些有疑問，不過難免會遇到沒人回應或僅極少數人回應的情況。但真的只有極少數人有想法嗎？還是大家都不好意思呢？透過書寫的方式，讓每個人都有機會把想法寫下來，講者更有機會看到全部人的想法。

第四招

自由書寫

〔形式〕

每位聽者在背景音樂聲中，不間斷地書寫關於剛剛聽講的心得、收穫和想法，直到背景音樂停止才能停筆。

〔規則〕

一、請每位聽者準備一張紙和一枝筆。
二、背景音樂停止前不能停筆，要一直書寫。
三、如果不知道寫什麼，就一直寫「我我我我我我我……」。
四、有想法時繼續寫下去。
五、書寫的題目沒有限制，以剛才聽講內容為主。
六、開頭以「我知道……」三個字開始。
七、音樂停止時請聽者停筆，並從頭看一次自己書寫的文字，圈選出五個當下最有感覺的詞或句子。

【注意事項】

一、書寫時間不要少於五分鐘，如果時間允許可以到十分鐘。

二、背景音樂以輕柔音樂為主，不要選擇快節奏的音樂。

三、提醒聽者有關書寫並不是看文章是否流暢或用字是否優美，而是在回顧剛才的聽講內容，寫下想法或收穫。

四、書寫結束後，記得請學員圈選出五個有感覺的詞或句子。

【所需時間】

五至十分鐘。

【效果】

通常聽者剛聽完內容時，腦中大都是一片混亂，許多重點交雜在一起，如果沒有把握時間盡快整理，很快地重點就會被遺忘，枉費聽到那麼棒的內容。因此，利用自由書寫的時間，邊寫就等於是在梳理大腦中的想法，有助於記住重點內容，再加上圈出五個有感覺的詞和句子，那更是加深大腦對內容的印象。

第五招

分數光譜

〔形式〕

請學員針對剛剛聽講內容的收穫程度給分，一分表收穫很低，十分表收穫很高，在這兩個端點之間依自己的聽講狀況選取一個分數，並說明原因。

〔規則〕

一、請聽者在一至十分之間，依照對聽講內容的收穫程度給分。

二、請聽者將分數用手比在額頭上。

三、講者指定人分享。

〔注意事項〕

一、分數的呈現方式除了用手比出之外，也可以寫在紙上，並寫下原因。

二、分享的方式除了由講者指定，也可以由聽者兩兩一組分享。

三、講者的心態上要先有準備，不要因為聽者比了五分以下就感覺受到批評，影響到自己在台上的表現。正確的心態是詢問聽者為什麼是這個分數，從中理解原因，並進行補充說明，希望拉高分數。

四、如果有分數比較低的聽眾，應優先指定分數較低的聽眾來分享。

〔所需時間〕

三至五分鐘。

〔效果〕

透過比出一至十分，可讓聽者意識到自己對內容的理解程度，並適時對講者進行提問和釋疑。如果聽者未意識到自己的理解程度，等回家複習才發現有許多地方不懂，就沒辦法即時向講者提問了

第六招 文字牆

〔形式〕

講者預先將選好十五至二十個字打在投影片上或寫在海報上，然後邀請聽者選一個最能代表剛剛聽講心得的字，並分享原因。

〔規則〕

一、將預先選好的字打在投影片上或寫在海報上。例如「培」、「晴」、「火」等。

二、如果可事先拿到聽者名單，就選取所有聽者的中間名放到投影片上，可讓聽者有熟悉感和親切感，例如曾培祐的中間名是「培」。

三、請每一位聽者選好代表剛剛聽講內容的字，並分享選取的字和內容的關係。

〔注意事項〕

一、曾有老師將年度關鍵字當做文字牆使用，但發現效果很差，因為年度關鍵字多以負面用字居多，易引起聽者負面情緒，因此建議負面文字不宜太多。

二、重點不是聽者選了哪一個字，而是選擇的字和內容的連結，關鍵是要了解聽者選字的原因。

三、如果聽者要選文字牆以外的字也沒問題，代表他想到一個和聽講內容更有連結性的字。

〔所需時間〕

三至五分鐘。

〔效果〕

選一個字當然無法直接和內容重點產生連結，但正因為無法直接連結，聽者大腦才會不斷去調動剛剛聽到的內容，努力和文字牆上的文字連結，如此一來，大腦就會用更多的時間進行內容的反芻和整理。

第七招 問問為什麼

〔形式〕

由講者提出三個開頭是「為什麼」的提問，並請聽者回答，例如：「為什麼吸睛從讓聽者放下開始？」「為什麼需要持續吸睛三十三招？」「為什麼結尾吸睛對聽者學習很重要？」

〔規則〕

一、講者在簡報上秀出三個開頭是「為什麼……」的問句。

二、聽者可以選擇回答其中一題。

三、回答方式有兩種：一是選擇回答同一題的聽者聚在一起，並透過海報紙寫答案，最後再與全體聽者分享；二是講者隨機指定聽者回答，聽者可任選回答的題目，也可以不只回答一題。

〔注意事項〕

一、如果聽者的答案不如預期，講者也不要惶恐，不正確的答案同樣提供一個很棒的線索，代表有聽者還不理解，正好可以進行補充。

二、題目的數量可依人數做調整。例如聽者有三十人，可出六題，五人一組回答一題，最後每組進行分享交流。

〔所需時間〕

五至十五分鐘。

〔效果〕

這個方式的所需時間比較彈性，講者可事先準備好題目，但是讓聽者回應的方式有很大差異，如果是隨機指定聽者回應，五分鐘內就可以完成。但隨機指定對象回應，難免會有些人不動腦思考，那就沒有達到反芻整理內容的效果。所以第二種分組討論交流法雖然需要的時間較長，但更能促使所有聽者都能藉由思考問題的答案，達到反芻內容重點的效果。

第八招 小畫家

〔形式〕

每位聽者在空白紙上畫出一幅代表剛剛聽到內容的圖畫，只能以圖像表現，不能寫字。

〔規則〕

一、給每位聽者一張白紙。

二、請聽者畫出代表剛剛聽講內容的圖畫，沒有文字，只有圖像。

三、進行分享。分享形式有三種：一是小組分享；二是學員逐一和全體分享；三是貼在牆壁上，請學員觀看後自行揣摩。

〔注意事項〕

一、紙張不宜太小，至少A4以上，A3最佳。

二、能用彩色筆畫最好，不同的顏色在聽者心中可能也代表不同意義。

三、作畫時間大約三分鐘。

四、須不斷提醒聽者，不是要他們畫出專業畫作，只要能代表剛剛聽到的內容即可。

〔所需時間〕

十五至二十分鐘。

〔效果〕

圖像化能有效幫助大腦整理龐雜的資訊，而且畫什麼都行，沒有限制，只要能連結剛剛聽到的內容就行。不過畫圖需要的時間較長，這是需要注意的地方。

第九招 各式卡片

〔形式〕

舉凡說書人圖卡、風景明信片、鼓舞卡、猴子情緒卡，只要附有圖片的卡片都可以當做媒材。請聽者選一張最能代表剛剛聽講內容的卡片，並分享這張卡片和內容的連結。

〔規則〕

一、將卡片平均分布在聽者能輕鬆選取的環境，例如後方地板上、兩張併在一起的長桌上。

二、請聽者選取一張最能代表剛剛聽講內容的重點或核心概念的卡片。

三、請聽者進行分享，無論小組分享、全體分享皆可。

〔注意事項〕

一、卡片的數量要比聽者的人數約多十五張。例如聽者有三十人，則要準備四十五至五十張卡片。

二、卡片的擺放位置除了能讓聽者輕鬆取得的環境，如果是分組形式，也可以把照片放到小組裡讓聽者選取，但要注意卡片的張數，若小組人數有六人，大約需提供十五張卡片。

〔所需時間〕

十至十五分鐘。

〔效果〕

有些時候，請聽者分享聽講心得時，聽者往往會一時語塞，不知說什麼才好，因為此時他們千頭萬緒，還沒整理好思緒。藉由圖卡裡的各種元素，像是顏色、圖片、人物、物品等，都能讓聽者的大腦借力使力，得到一些分享心得的靈感，這也有助於他們針對內容進行整理和反芻歸納。

思考時間

在結尾吸睛九招中，如果要挑選三招在上台時使用，你會選擇哪三招呢？

12

小結：有時間回憶，便能記住和理解更多內容

被美國Amazon編輯選為年度最佳科普書的《學得更好》，提到一個關於記憶的研究：在一項知名研究中，一組受試者閱讀一段文字四遍，另一組受試者則只讀一遍，然後練習回想這段文字三遍。幾天後，研究人員追蹤兩組受試者的狀況，發現回想文字內容的那一組學到的東西明顯更多；換句話說，試著回憶資訊內容的人，展現了更高的技能水準。

上述研究告訴我們，在分享的過程中加入「暫停」的時間，聽者學到的東西明顯更多。因此，結尾吸睛的核心精神就是上台者願意「放手」，放下手中的麥克風，創造一個暫停的時間，並透過提問或結尾吸睛九招，讓聽者回想剛剛聽到的內容。

許多研究顯示，學習是一種「心智活動」，聽者如果只有被動接受，大約一小時

後就會忘記一半以上的內容。所以講者分享時，要有意識地讓聽者思考剛剛說過的內容，可以是提問式（例如「Question Box」和「半驚半疑」），也可以請聽者用自己的話闡述（例如「一人獨行」、「自由書寫」、「問問為什麼」）。如果擔心聽者不習慣思考或表達，則可透過借力使力的方法（例如「分數光譜」、「文字牆」、「小畫家」、「各式卡片」），這就是結尾吸睛九招的功能。

思考時間

撲克牌有黑桃、紅心、方塊、梅花四種花色，請選取一種花色代表結尾吸睛的重點特色，並對自己說明原因。

第二部

巧妙運用吸睛三元素，內容設計多變化

第四章

上台吸睛三元素：讓聽者不分心的祕密

一個念頭：「聽者分心了」，我可以做什麼？

聽者分心了，我放棄，

改成：

學員分心了，我能夠……

「能夠」代表我還有方法，我能游刃有餘。

我們今天相聚，就是為此！

這兩天，你會帶走……

以上這段話，出自我在二〇一六年舉辦的「上台吸睛工作坊」講義第一頁的序言。我們希望每一位上台者都能從「聽者分心了，怎麼辦？」，轉變成「聽者分心了，我能夠……」，想要有這樣的轉變就必須有好用的工具在手，也就是所謂的「上台吸睛三元素」。

這時代對上台者來說太不容易了，因為每位聽者輕易就會受到外在事物影響而分心，只要手機的提示燈一亮起，他們的心思就被吸引過去。甚至稍微感到不耐時，拿起手機就隨時可以轉移注意力了。

但是，手機又是怎麼抓住大家的注意力呢？如果說現在的人很容易分心，使用手機時怎麼就不容易被其他事情分心呢？

按照這個思路，只要找到使用手機時不分心的原因，要讓人們長時間專心聆聽還是有機會的。而我發現，手機之所以能一直抓住人們的注意力，不外乎有「意外」、「熟悉」和「情感」這三大元素，也就是本章一開始提到的「吸睛三元素」。接下來，一起來看看這三項元素的特性以及上台的運用吧

13

意外元素：掌握意料之內，創造意料之外

敦化南路上有條知名的台灣欒樹大道，夏天時節開滿金黃色的花，非常漂亮。而在金黃花海最茂盛的路段，正是知名海外房地產貿易公司的總部。

某日，在總部的八樓會議室坐滿五十多位房地產投資客，我們正準備聆聽一場有關東南亞房地產投資布局的說明會，講者是該公司總經理，他笑容滿面，準備上台簡報。在他充滿自信的笑容背後，是已經進行超過十次的簡報設計會議，所有內容都符合聽者需求，從開場吸睛、持續吸睛、結尾吸睛都設計妥當，有最大機會可以抓住聽者注意力。

分享開始，總經理一上台，先請大家深呼吸三次（完美的開場吸睛），讓現場五十多位聽者放下手邊的事情。接著他進入主題，但突發狀況出現了，由於其中兩三位

聽者非常積極提問，頻頻打斷總經理的簡報，其他聽者因為對提問沒興趣而開始感到不耐煩，於是滑起手機。眼看場面就要失控，這時該怎麼辦？

透過意外來吸睛，聽眾自然專心

每次上台，雖然都經過事前萬全的準備，難免還是會遇到突發狀況。有些時候是聽眾過於踴躍，頻頻打斷講者的發言，導致其他人不耐煩，就像上述總經理遇到的情況；而有些時候，設計好要和聽者互動的橋段，聽者卻不領情，又或者錯估聽者的注意力極限，在講重點的時候，聽者已經開始分心。這些突發狀況都是上台者不想遇到的，但如果遇到了，要怎麼有效地立刻化解呢？這時就是善用意外元素的時候。

意外，顧名思義就是「意料之外」，比如說你看到路邊有一隻狗，這沒什麼好意外的，但牠忽然發出「喵喵」的叫聲，這就讓人感到意外了吧。而當你感到意外時，注意力就會被這意外之事給吸引，然後「專心」研究發生了什麼事。你發現了嗎？這種時候的你超專心的。

那要怎麼運用「意外」呢？接下來這句話有點繞口，卻是意外元素的核心精神，而且因為很重要，所以我決定寫三次：

「你要創造意料之外，一定要先找出『意料之內』。」

「你要創造意料之外，一定要先找出『意料之內』。」

「你要創造意料之外，一定要先找出『意料之內』。」

就以剛剛的小狗例子來說吧，為什麼小狗發出「喵喵」的叫聲會讓你感到意料之外，進而抓住你的注意力、解除分心的狀態？先想一下，小狗發出什麼樣的叫聲算是「意料之內」呢？沒錯，就是「汪汪」的叫聲，所以只要不同於這種叫聲都算是「意料之外」，也會抓住你的注意力，例如「哞哞」、「啾啾」、「咩咩」，當然你可以再更「意料之外」一點，比如說「你好，你好」，不過這就有點像都市恐怖傳說了。

總之，掌握了「意料之內」再創造「意料之外」，就很容易抓住聽者的注意力了！

從2R創造意外元素

好的，掌握了「意外」的訣竅，接著進一步要問：上台時如何運用意外元素？

首先要思考：聽者對於講者的「意料之內」是什麼？例如講者一定講理論嗎？講

者一定站著、用黑板或白板還是投影幕？接著就從這些「意料之內」逐一思考有哪些是「意料之外」，比如「一定講理論」變成「先講最近生活中發生的事，然後和理論連結」，當講者分享生活中發生的事情時，就有機會抓住聽者的注意力。再比如聽者認為「聽講一定要坐在椅子上」，那就變成「請所有聽者起立，每人完成一項任務再坐下」，當全體起立時，也會抓住注意力。這些都是從掌握「意料之內」到發想「意料之外」的運用。

那麼，我們要如何發想「意料之外」呢？「SpeakeR」和「ListeneR」是我常用的兩個方向，SpeakeR是指講者的教學方式，ListeneR是指聽者目前的聆聽方式或狀態，我稱之為「2R」。將2R再結合意料之內和意料之外，就會變成左表的矩陣。

	意料之內	意料之外
SpeakeR		
ListeneR		

現在來看一個教學現場的情況。這是一場三小時的演講，你已經滔滔不絕地講了近四十分鐘，分享的主題是「這樣互動，和孩子的關係愈來愈好」，聽眾是「學生的父母」，大約有八十位，場地在學校的視聽教室。你分享著親子互動的心理學理論及有趣的社會實驗，卻發現有家長開始打呵欠，或者時不時地看手機，雖然有些家長認真寫著筆記，但更多家長顯得坐立難安。你還有兩小時又十分鐘的演講耶，現在該怎麼辦？我們來試試2R矩陣吧。

要創造意料之外，首先得設想現在的「意料之內」是什麼：

● **SpeakeR的部分：**上述例子中的前四十分鐘都是你在說話，所以家長們直覺認為你會一直講三小時，這是意料之內。你可以暫停自己的講述，轉而請家長發言，可能是分享剛剛的心得，也可以分享對社會實驗的想法。而你說了比較多的理論和社會實驗，於是家長們認為你會繼續這樣的模式，這是意料之內。此時若可以轉而分享自己和孩子間的互動故事，也會重新抓住家長的注意力。

● **ListeneR部分：**在剛剛的四十分鐘裡，家長之間都沒有互動，他們和你之間也沒有互動，都是單向講述，所以家長會認為接下來的聽講模式應該也是一樣，這是意料之內。如果你暫停講述，請家長彼此分享親子互動最開心或最慘痛的經驗，這樣也能重新抓住他們的注意力。

於是，有了左表的延伸與發想。

	意料之內	意料之外
SpeakeR	老師一直講 分享理論和社會實驗	請家長發言 分享自己的親子互動故事
ListeneR	家長單向聆聽老師說	請家長彼此分享親子互動最開心或最慘痛的經驗

表格中許多當下可以使用的方法並非全部都要運用，但相信只要選擇其中一種都能吸睛。然後在進行二、三十分鐘後，若發現又有家長有點坐不住了，再運用另一種

方法。

從這個例子我想說的是，意外元素可以創造出無數種吸睛方法，只要懂得掌握當下聽者的「意料之內」是什麼，稍加變化就能創造出「意料之外」，再次抓住他們的注意力。這和小狗「喵喵」叫是一樣的道理。

意外元素是老師們在教學現場中最常運用、也能立刻看到效果的方法，如果你下次發現聽者開始恍神了，請立刻運用這個方法，掌握當下的意料之內，稍加變化並善用2R矩陣表格，就能讓聽者有「意料之外」的吸睛效果。

善用意外元素，創造無數種吸睛方法

讓我們再回到敦化南路欒樹大道旁的會議室，有兩三位聽者此起彼落地問問題，其餘四十多位聽者則愈來愈感到不耐煩，因為這些提問都不是他們想聽的內容。眼看身為講者的總經理就快要失去聽者的注意力了，他能怎麼做？我們用2R矩陣表格快速檢視一番。

從下頁表中可以發現，意料之內就是總經理接下來得一直回應少數提問者不斷提

	意料之內		意料之外
SpeakeR	總經理一直回應提問	⇨	總經理搜集全部提問一次回應
	把其他聽者晾在一旁	⇨	總經理邀請其他聽者回應
ListeneR	提問者一直提問	⇨	請提問者將問題寫在便利貼上
	其他人被動聆聽	⇨	總經理邀請其他聽者回應

出的問題，而其他聽者可能開始恍神。從這意料之內可以發展出兩種意料之外，第一種意外元素的運用就是給所有聽者便利貼，並向大家說明，為了簡報的流暢性，所有疑問都先寫在便利貼上，等到簡報結束後再一併回答問題；第二種意外元素的運用是，同樣開放聽者即時提問，然後邀請現場與會者以二至三人為一組，討論對該問題的想法。

考量當時的簡報性質和狀況，我們選擇了第一種方案。當提問者此起彼落時，我立刻拿出了疊便利貼，並揮手向總經理示意。總經理一看到便利貼就知道我的用意，在回答一個問題之後，宣布接下來的提問都改成寫在便利貼上的方法，於是簡報得以順利進行，再次抓住全體聽者的注意力，這是意外元素一個非常好的運用典範。

我們上台後往往很容易遇到各種造成聽者分心的情況，這時不要慌張，只要腦中快速運用2R矩陣表格，找出意料之外的吸睛方案，一定能再次抓住聽者的注意力。

思考時間

如果你要用一頁空白的投影片來設計意外元素的內容，並且放到FB或IG和你的朋友分享，你會如何設計這一頁內容呢？

14

熟悉元素：和聽者生活愈有關係，聽者愈能專心

台中科學博物館坐落在綠園道上，每到假日是許多家庭出遊的首選，根據統計，台中科博館的入場人數僅次於台北故宮博物院。館長孫維新教授是我敬佩的表達高手，有次他對台中某高中約三百多位同學介紹科博館，希望同學假日可以常來參觀。這可不是一件簡單的任務，因為科博館的館藏雖然豐富，對高中生的吸引力不如手機遊戲，但孫館長善用熟悉元素，一下子就抓住學生的注意力。

舉例來說，孫館長在簡報上放了一張石虎特展的照片，接著問同學：「你們看過石虎嗎？」許多同學搖頭或露出一副事不關己的樣子。他接著說：「石虎的外型就像貓，但比貓還凶。」你看，這就是熟悉感了，同學可能不熟悉石虎，但貓就不同了。

館長接著問：「同學家裡有養貓的請舉手？」有些同學舉手了。「有養貓的同學

請和大家說說，一般貓的紋路是條紋狀還是一塊一塊的斑點狀？」

同學們紛紛回答：「貓很像是條紋狀的。」「對！石虎這點和貓不一樣，牠身上的紋路是一塊一塊的斑點狀。但石虎的外型還有一點和貓非常不一樣，那就是……」

到這裡已經完全吸引同學的注意力了，因為館長把石虎比喻成學生很熟悉的貓，這立刻讓他們很容易就聽懂。館長針對兩種動物的外型繼續說：「石虎和貓最大的不同是，石虎的兩隻耳朵後方都會有一撮白色的毛。所以下次如果你家的貓和其他貓打架輸了，你把牠耳朵後面的毛塗成白色，這樣牠的對手立刻被嚇跑！」語畢，大夥兒哄堂大笑。明明是高中生感到陌生的主題，但館長善用熟悉元素，讓學生們聽得津津有味。

看到這裡，是不是覺得熟悉元素很好用？那到底要怎麼用呢？

融入熟悉元素，調配超吸睛調味料

上台時，善用熟悉元素主要有兩個步驟（參下頁圖）：

步驟一：從內容中抓出核心概念。

步驟二：將此概念連結到貼近聽者的「生活」或「時事」中找素材。

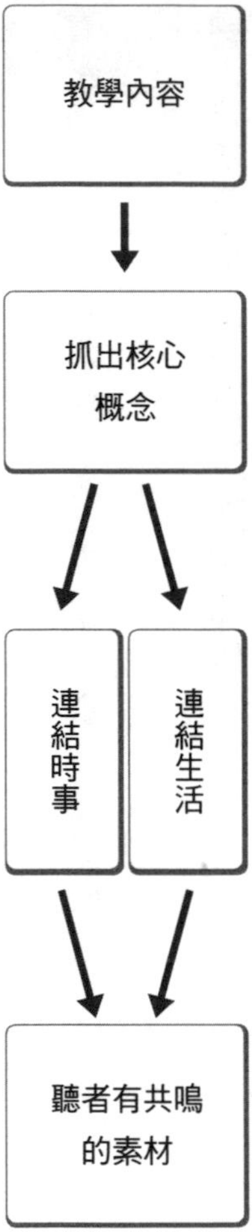

以前述的石虎為例，館長運用熟悉元素的過程如左圖所示。

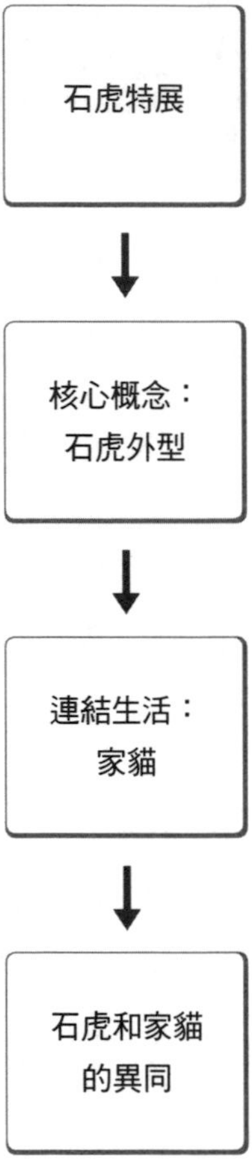

再來看看實際的教學案例。我們在求學時期，應該都讀過杜甫的七言律詩〈聞官軍收河南河北〉，內容是這樣的：

劍外忽傳收薊北，初聞涕淚滿衣裳。
卻看妻子愁何在，漫卷詩書喜欲狂。
白日放歌須縱酒，青春作伴好還鄉。
即從巴峽穿巫峽，便下襄陽向洛陽。

這首詩展現出杜甫對戰爭結束的開心心情，但現在的學生未經歷過戰爭，讀詩時並不會產生共鳴，即便老師賣力說明，學生往往聽得呵欠連連，學習效果極差。

如果你是正要教這首詩的國文老師，你會如何設計教學內容來抓住學生的注意力呢？我曾看過沙鹿國中黃浩動老師的教學方法，他的教法是我看過最讓學生有共鳴且讓人印象深刻、久久不忘。

黃老師是如何引起學生的學習動機呢？首先，他從詩中抓出戰爭的概念，然後連結到這幾年的敘利亞內戰，最後在課堂中放了一段敘利亞難民的影片。

影片中的主角是一位八歲女孩，兩分半鐘的影片裡，看到女孩如何從兩年前一家團聚的幸福日子，到如今只剩自己一人孤獨地在異鄉過生日，透過這樣的對比，突顯出戰爭的殘酷。不瞞你說，影片播畢的當下，我已淚流滿面。據黃老師說，很多同學看完影片也幾乎眼眶泛淚，深深為這位女孩感到同情。

黃老師問同學：「如果這女孩聽到敘利亞內戰結束的消息，自己終於可以回故鄉尋找家人，不再過著顛沛流離的生活，請問那個當下她的心情會如何？」很多同學都說：「一定很開心，迫不及待想要回家找家人。」黃老師接著說：「沒錯！而你可以把杜甫想像成這個女孩，只是他把這樣的心情寫出來了。請大家圈出詩裡有哪些詞句表達出他非常開心、迫不及待的心情。」黃老師的國文課持續進行著，但此時同學的心情異常熱烈，當然，也都非常專心。

黃老師運用的就是熟悉配方，他調配出超吸睛的調味料（參左圖）！

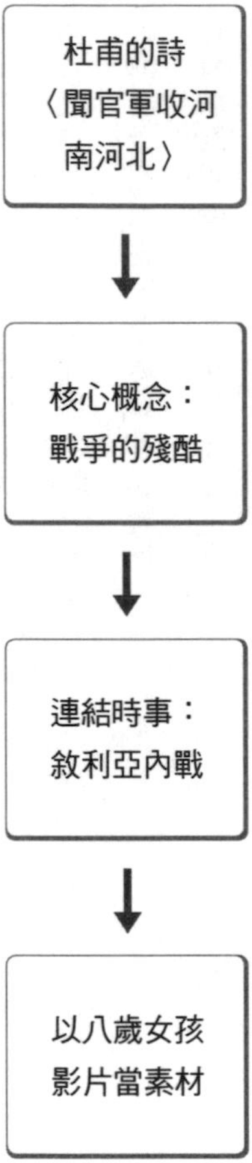

掌握熟悉配方的關鍵，在於素材的累積

或許你有個疑問，不就是放影片嗎？其實我也常在課堂中播放影片，但這遠遠不止放影片那麼簡單。你注意到了嗎？熟悉元素的關鍵就是把握住「概念」，接著從貼近「生活」和「時事」中找素材。為什麼一定要從這兩方面找素材呢？因為這樣才會引發「共鳴」！

首先，影片的主角是一位八歲女孩，這就很重要了，因為國中生的年紀其實和八歲女孩相差不遠，如果主角是老人，雖然背景依然是敘利亞內戰的傷痛，但共鳴感不若八歲女孩那麼強烈。

要掌握好熟悉元素，平常對於素材的累積就很重要。很多人會問，到底要去哪裡找這些素材？我總是再次強調，「平時的累積」很重要，最重要的是，當你要教某個主題時，一旦有了核心概念，就很有機會從平日累積的龐大素材資料庫中找出適合的調味料。

以我的個人經驗為例，我曾受邀至某職業學校分享「職涯規畫：不再盲目過每一天」這個主題，我抓出的核心概念是：找到自己熱愛做的事，努力才有意義。這個概

念能從「生活」和「時事」中找到什麼素材呢？我馬上聯想到前美國職籃球員柯比・布萊恩（Kobe Bryant），他在二〇二〇年一月二十六日不幸墜機身亡，以高職同學的年紀來看，他們對於布萊恩有一定的熟悉度，而布萊恩最為人熟知的就是他對籃球的熱愛和努力，並且維持每天凌晨四點起床練球的紀律。

我找到了布萊恩曾經受訪的影片，他提到自己之所以能持之以恆，是因為：「籃球是我熱愛的事物。你一定要盡最大努力找到熱愛的事物，那麼一切的努力都不算費力。」我將這段影片播放給當天聽講的同學觀賞，並連結回到我設定的概念。接著我請同學在紙上回答：我會如何用盡各種方法找到熱愛的事物？事後檢視同學們的聽講回饋表，發現他們對這一段都印象深刻，也表示收穫良多，這就是我運用熟悉元素設計內容的例子（參左圖）。

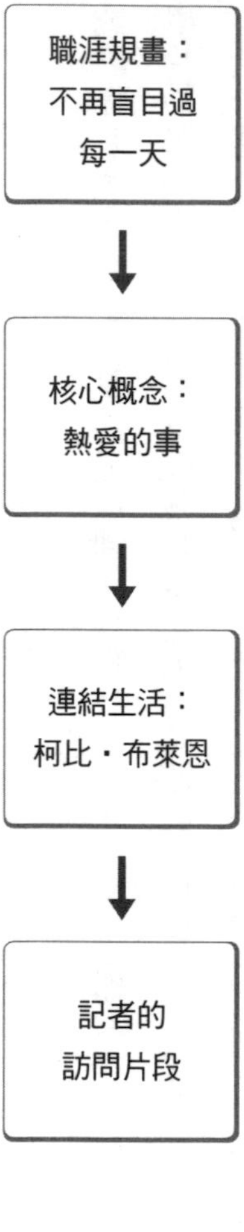

那有沒有什麼方法能更快地累積素材呢？以我來說，我會在社群媒體上（例如FB、IG、Youtube）訂閱一些經常提供素材的粉絲專頁，然後從中找到許多素材的靈感。你也可以和有興趣運用熟悉元素的朋友組成一個群組，彼此把不錯的素材放在群組裡，如此日積月累，一定會形成非常豐富的素材庫！

思考時間

當你要對高中生談「誠實」這個主題時，你會如何運用熟悉元素來設計內容？

15

情感元素：區區一人，勝過百萬大眾

比爾．蓋茲（Bill Gates）在Netflix有一部傳記式的紀錄片，其中一段讓我印象非常深刻，故事是這樣的：

有一天，蓋茲用平板給他女兒觀看一位小兒麻痺症女孩的影片，並告訴女兒有關小兒麻痺在非洲的情形，以及這女孩從小得小兒麻痺後的生活變得多麼不容易……等等。接著他關掉平板的畫面，對女兒說：「這就是我要做的事，運用科學方法將小兒麻痺從地球上消滅。」多感人的一個目標啊。但你知道蓋茲的女兒說了什麼？她說：「爸爸，你說那些我聽不懂、也不想聽，我只想知道後來那個得了小兒麻痺的非洲小女孩怎麼了。她好可憐，你有救她嗎？」蓋茲當下簡直啼笑皆非。

不過，這段互動倒是完全說明了情感元素的核心精神。為什麼蓋茲的女兒會被非洲小女孩所吸引？因為非洲小女孩觸發了她的惻隱之心，也就是觸發了她的情感。

聚焦在一個人的需求、一個人的感受、一個人的故事（例如患有小兒麻痺症的女孩），比起冷冰冰的數據、研究，更能讓聽者有感覺。請不要誤會，我不是說數據、研究不重要，我的意思是當數據或研究愈重要，我們愈應該讓聽者有共鳴。而引起聽者的情感，是有共鳴的好方法之一。如果我請你回憶一段求學時期最難忘的回憶，例如：「對於這段回憶，你內心最真實的感覺是什麼？」我相信你絕對不會說沒有，因為沒有感覺的事情很難成為你最難忘的一段回憶，所以引起了學生的情感，也就等於抓住了學生的注意力。

從個人經歷切入，吸睛效果最強

德蕾莎修女（Mother Teresa）說過：「倘若我看到的是人群，我不會有所行動；倘若我看到的是個人，就會行動。」這句話是什麼意思呢？讓我引用美國經濟學家湯瑪斯．謝林（Thomas Crombie Schelling）說過一段非常傳神的話來說明：「一位六歲棕髮女孩需要幾千美元動手術，她才能活到聖誕節，結果郵局淹沒在蜂擁而來的捐款中。但如果新聞報導說調降營業稅的話，麻州的醫院將因為預算不夠而使得醫療品質下降，導致原本能夠預防的死亡個案提高，則不會有多少人會流淚或掏出錢來。」從這兩句話中，你發現了引發情感的關鍵嗎？

六歲棕髮女孩的「個人」經歷，可能比眾多數據和道理還要能抓住聽者的目光。回到一開頭蓋茲的女兒，她也是被非洲小女孩這個「個人」所吸引，對父親花費無數心血得到的數據卻不太在意。再回到第十三節提到黃浩勳老師播放影片的例子，為什麼那段影片會吸引許多同學觀看，最後甚至眼眶泛淚？同樣地，那影片說的是八歲小女孩這「個人」發生的悲慘經歷。

從上面的所有線索中可以歸納出一個結論：「個人」的「經歷」可以引發情感，進而達到吸睛的效果。

「克服逆境」的個人經歷，最能引發情感

既然「個人」能夠引起情感，那什麼樣的個人「經歷」特別讓人有感？從後面的對照情境中，你就可以明白了。

情境一：小明一早八點多起床，吃著媽媽為他準備的早餐。因為正值暑假，也沒有特別的事情要做，就這樣看電視一直到中午，然後又去睡午覺。

情境二：小明一早八點多起床，肚子很餓，這已經是第九天沒早餐可吃了，但他不抱怨，因為他知道媽媽賺錢很不容易，一家人能有晚餐吃就很慶幸了。小明不敢再多想，餓著肚子，翻開了書，逼自己專心。

你覺得哪一個情境讓你印象最深刻，想要繼續看下去？我想多數人會選擇情境二吧。情境一是「一帆風順」的經歷，情境二是「克服逆境」的經歷；是的，克服逆境的經歷一直以來最能引發人們情感共鳴，有多少電影和戲劇的主角不是克服各種逆境而一路到圓滿結局的呢？

從「個人」的角度出發，述說一個「克服逆境」的經歷，正是引發情感元素的關鍵。我透過下頁圖，讓你更能釐清其中的差別。

「一個人」可以是和主題有關的人物，「克服困難的經歷」可以是他過去的挫折經驗、努力朝目標奮鬥的經驗、意外受到挫敗的經驗等，將這兩個要素結合起來，就能調配出情感配方的「調味料」了！如同奇普・希斯（Chip Heath）和丹・希斯

（Dan Heath）合著的《創意黏力學》（*Made to Stick*）一書中所寫：「在打動人心方面，一能勝多，區區一人勝過百萬大眾。」

嘗試加入情感催化的配方

我高三參加第一次學測時考了五十一級分，最糟糕的數學只有五級分，那一年，五級分連低標都不到，我想讀的大學沒有一間申請得上。所以成績放榜後，我決心要認真讀書拚指考。我把教室抽屜裡三年的參考書都放進背包，打算從此開始回家不看電視，要好好用功讀書。

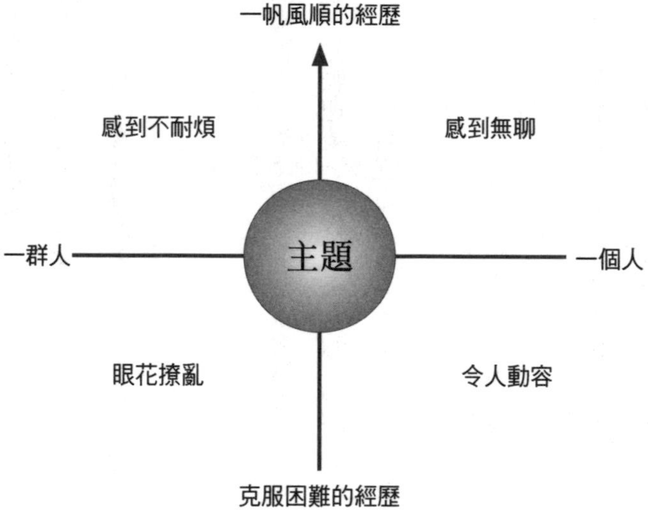

那天的背包特別沉重（畢竟塞了三年的教科書），但心情特別踏實，因為我要開始努力了。才剛走出校門，同學就找我去湯姆熊打電動，我對他表達了努力的決心，同學拍拍我的肩膀表示加油，並說：「今晚玩最後一次，明天就努力拚指考，你看怎麼樣？」我想想也是有道理，於是和他一起走進湯姆熊，而背包實在太重了，於是放在腳踏車上沒帶進去。

晚上九點多，我終於玩得盡興、準備回家。一走到腳踏車旁，赫然發現背包不見了，這下該怎麼辦？為什麼偏偏是所有教科書都放在裡面的時候被偷走？我嘗試找了幾天，但還是沒找到。

所有書都沒了，要怎麼認真呢？但又不想這樣認輸，我心想既然書被偷走了，全部再買回來就好了。牙一咬，用壓歲錢把所有教科書、參考書和講義都買了新的；事後回想，還好我買了新的，因為我有個壞習慣，數學題只要寫過就懶得再算一次，都是用看的，但任何人都知道，數學一定要親自算過才會懂，用看的哪能理解呢？所以我也算是因禍得福，正因為買了全新的參考書，每一題都得重新計算一次，也因此指考時的數學分數還到了均標以上呢！

上面這個故事就是我「個人」的「克服逆境」故事，我常拿來和國三生或高三生甚至大學畢業生分享，只要不放棄，總會找到方法讓自己進步的。我總是用這個故事鼓勵大家，而每次說這個故事時，都能感受到台下同學專心聆聽的眼神，這就是情感配方的神奇效果！

思考時間

如果要用三分鐘時間和你的家人、朋友或同事分享「上台表達時如何運用情感元素」，你打算說什麼？

16

吸睛三元素效果：上台應急，即刻有效

大學時期，我在寒暑假都會去帶營隊，當時學長姐說，不管什麼時候都要準備救命三招，可能是笑話、故事或團康，萬一有突發狀況，比如說原本要吃午餐，但因故需延遲二十分鐘，這多出來的二十分鐘就是突發狀況，此時就可以運用故事或團康活動來應對，帶活動需要救命三招；上台表達、簡報、教學如果冷場了，失去聽者注意力。也需要救命三招，善用意外、熟悉和情感元素就能即時改變教學節奏，所以，要熟悉三元素的設計原理，上台表達時臨時有需要，就能應變處理，即刻吸睛。

從冷場到熱場，吸睛三元素創造高潮

三月的台北總是下著雨，在一個微涼的夜晚，我來到西門町附近的商業大樓，參加一場主題名為「教練技巧與人際溝通」的講座，時間為三小時，分為上下半場，中間休息十分鐘，講者是非常知名的企業教練。

講座開始進行上半場，由於內容講得太深奧了，學員幾乎聽不懂，現場氣氛有點冷淡，再加上說的都是理論，所以顯得枯燥乏味，使得許多人開始滑手機。好不容易撐到中場休息，許多人在座位上放空，有些人去洗手間，試圖打起精神，當然也有不少人在中場休息時提早離開。

休息時間結束，講者一上台就在簡報上秀出一張圖（上半場的簡報只有文字），他請現場所有人回答圖像是什麼。有人舉手回答：「吉隆坡的雙子星塔。」「沒錯！就是吉隆坡的雙子星塔。」講師回應。這一問一答，是這場講座的第一次互動，此時現場氣氛稍微提升了。

接著，講師說了一個故事：「過年時，我和家人到吉隆坡旅遊，也去造訪了這棟知名的雙子星塔，其最有名的就是連結兩棟大樓的空橋。我想問問大家，這座空橋位在第四十一、四十二樓層處，距離地面約一百七十公尺，由於高空的風勢很強，如果空橋上沒有任何防護，卻還願意走過去的請舉手。」當然沒人舉手，誰會拿自己的性命開玩笑呢？講師接著說：「就算你不想，什麼情況下你還是會逼自己走過去，像是對面有一百萬美元，走過去就是你的？或者走過去就能得到夢寐以求的工作職位？」這時大家都很安靜地思考這個問題。「現在請三人一組進行討論。」講師再次提問，並邀請大家進行討論。

經過一番討論和分享後，講者說：「這個問題我想了很久，如果有一天我真的得走過完全沒有防護設施的空橋，那一定是因為我認識的人，比如說我的家人和好友，他們走到一半因為驚嚇而走不動，這時我會走過去把他們帶到空橋的另一端。」聽起來很動容。講者最後引導到主題：「讓我們行動的永遠不是事而是人，那些我們在乎的每一個人！」演講結束時，在場學員都處在非常專心的狀態，許多人離開時都說下半場的案例讓他們印象深刻。

由於上下半場的教學方式差異太大，讓我很好奇是否內容原本就是這樣設計，還是中間出現了轉折點？所以演講結束後，我鼓起勇氣去問講者：「上半場以講述法居多，而且都以講述理論為主，下半場則多了許多生活案例的分享，以及提問和小組討論，為什麼上下半場會有這麼大的差別？」

講者不好意思地笑了笑說：「中場休息時，主辦單位說許多學員反應上半場內容有點艱澀，他們聽不太懂，於是問我是否可能調整。我就趁中場休息時做了調整，的確不是事先安排好的。」

善用三元素，突發狀況好應對

我很佩服前面例子這位講師即時調整的功力，但仔細想想不難發現，只要善用「意外」、「熟悉」、「情感」三種元素，你也可以及時調整出抓住聽者注意力的內容。再以前述例子來逐一來檢視一下：

● 意外元素

	意料之內	意料之外
SpeakeR	講者是單向講述 講者都是講理論	從單向講述調整為有問答互動 從講理論調整為生活案例
ListeneR	聆聽講者內容	小組討論和發表

● 熟悉元素

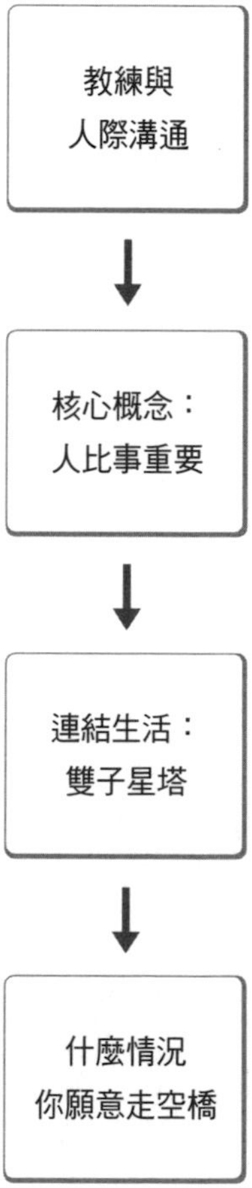
教練與
人際溝通
核心概念：
人比事重要
連結生活：
雙子星塔
什麼情況
你願意走空橋

● 情感元素

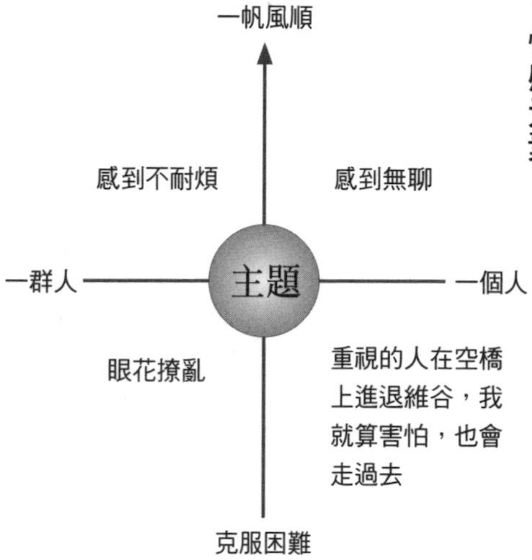
一帆風順
感到不耐煩
感到無聊
一群人
主題
一個人
眼花撩亂
重視的人在空橋
上進退維谷，我
就算害怕，也會
走過去
克服困難

上台表達總會遇到聽者沒有共鳴的時候，當然下台後需要檢討調整，但是，當下如果能及時挽救，再次抓住聽者注意力，那是再好不過了，吸睛三元素，就是及時調整的好幫手。

第五章

吸睛×內容設計：步驟化讓內容很吸睛、聽者很專心

如果你玩過積木就知道，想要建造一座城堡，首先得確認所有的零件都齊備，要不然即使有精美的藍圖、詳細的步驟，只要缺了其中一個零件，城堡依然拼不出來。

套用到上台的技術，「意外」、「熟悉」、「情感」這吸睛三元素就是建造城堡的基本零件，而「開場吸睛」、「持續吸睛」、「結尾吸睛」是黏著劑，有了這兩者，我們就可以按照藍圖和步驟來建城堡。而本章就是要帶你透過步驟化的方式，設計出吸睛的內容。

設計吸睛的內容主要有四個步驟：步驟一，日常感的情境設定；步驟二，肯示弱的任務交付；步驟三，有方向地問題解決；步驟四，有緊扣的主題連結。以下就用一個真

實的案例來講解。

我常到各高中和大專院校分享「面試時的表達技巧」，通常一次面對三、五百位同學，一般的方法就是打開簡報，接著開始說明面試時有哪些表達技巧、每個表達技巧有哪些步驟、每個步驟又有哪些細節要注意，然後問同學是否有問題，沒問題就繼續說明下一個表達技巧……如此重複這些步驟。

這樣的上課方法優點是很有效率，不過由於學生都是採取聽講的方式，時間久了難免就會恍神，影響學習效果，這時就希望可以和同學們有些互動。於是我問：「到這裡有沒有問題呢？有問題的人請舉手？」接下來遇到的大部分情況就很尷尬了，因為現場一片靜默，原本想藉由互動來熱絡氣氛，卻換來尷尬的場面，最後只好又回到單純的講述法。

怎麼做才可以從單純的講述法轉而讓同學互動呢？要提醒的是，當同學從聽講轉換成互動時，他們的注意力再次集中在課堂上。（考考你，這是哪一個元素的運用呢？）

再回到前面的演講現場，我會這樣說：「因為我家離你們學校太遠了，而且明天一大早在你們學校附近還有另一場演講，所以我打算今天夜宿在學校裡。沒錯，就是這間學校。而且因為學校給我的演講費有限，我決定挑戰零元夜宿學校的壯舉。但是我人生地不熟，需要你們給我建議，如果一定要準備十件物品，而且不能花錢買，也不能跟別人借，更不能向別人要，你們覺得應該準備哪十件物品呢？現在麻煩大家三人一組討論，三分鐘後給我答案！謝謝。」

你覺得我提出的這個請求，同學會有意願參與嗎？這一招我用過很多次，效果都很好，同學也討論得很熱烈，為什麼呢？就讓我用設計吸睛內容的四步驟逐步拆解。

17

吸睛內容設計四步驟：讓聽者更有意願參與

上台時進行和主題有關的活動或任務，是講者必備的吸睛技巧之一，但如果在進行活動時遇到聽者不願參與的情形，就會讓講者很沮喪。為什麼聽者會不願意參與呢？如何提高聽者參與活動的意願呢？接下來要分享的吸睛內容四步驟或許能給你一些靈感和火花，讓我們一起看下去。

步驟一：日常感的情境設定

對於熟悉的東西，特別容易引起人們的注意。例如你今天到一家餐廳吃飯，忽然聽到隔壁有人提到你的名字，頓時就會豎起你的耳朵傾聽。聽了一段時間才發現原來只是同名同姓，講的人並不是你。不過每當隔壁桌再提到這個名字，你的注意力還是被吸引過去。

再舉一例。想像一下你剛下飛機，來到一個人生地不熟的城市，此刻你肚子餓了想吃點東西，但每間餐廳的看板都是你看不懂的字，光看圖片也難以意會。你不敢貿然走進任何一家店，因為擔心萬一食物不合胃口，吃壞肚子就不好了。忽然你看到遠方有個熟悉的招牌寫了大大的「M」，不禁大叫一聲：「天啊，是麥當勞！」這時候你會怎麼辦？八九不離十會走進麥當勞了。你喜歡吃麥當勞嗎？或許不盡然，但因為對麥當勞很熟悉，是你日常的一部分，所以它抓住了你的目光。

舉了上面兩個例子是為了想讓你了解，日常的熟悉感是如何能抓住我們的注意力，而「日常感」就是依照聽者的背景進行情境設定。

以「面試時的表達技巧」為例，我把任務背景設定在他們的學校，這樣夠日常了吧！如果我說要去山上露營一晚上要帶哪十件物品，對同學的日常感就沒那麼強烈，參與討論的意願就會降低。

小提醒：聽者對活動的參與意願不高時，講者可以思考為活動加上「日常感的情境設定」。

步驟二：肯示弱的任務交付

下面有兩種說法，第一種說法：「同學，兩個人一組，十分鐘後要給我晚上住校必備的十件物品。」第二種說法：「同學，兩個人一組，我真的很需要你們的幫忙了，幫我想想今晚住在你們學校必備的十件物品好嗎？感恩啦！」你覺得哪一種說法比較能讓同學願意買單你交付的任務，然後認真去討論？

我想正常人都喜歡第二種說法，對吧？因為這讓他們有一種被需要的感覺，就好像走在路上時有人來問路：「不好意思，我剛到這裡人生地不熟，可以告訴我火車站要怎麼走嗎？謝謝你！」你通常會二話不說就幫忙，當他離開時，你內心還會感到開心，覺得做了好事。這其實就是一種被需要的感覺。如果這個陌生人說：「告訴我火車站怎麼走！」口氣冷淡，一副命令的口吻，你的反應就不會那麼積極主動了，甚至會假裝不知道。這就是「肯示弱」的任務交付，示弱是因為要滿足聽者被需要的心理，讓他們更願意積極參與。

讀到這裡，也許你會有疑問：「我不知道如何示弱耶？」而且你是講者，要對聽者示弱似乎怪怪的，那該怎麼辦？

首先，示弱並不是說你不夠好，而是用溫和的態度希望聽者幫你一個忙，換個方式說就是要有「親和力」。而與親和力相反的就是「權威感」，這會讓聽者覺得你是以上對下的方式命令他去做事，其反應很可能是：「我才懶得理你，進行這什麼任務，關我什麼事！」這就像你遇到語調平淡的路人問路時的反應。

那要怎樣才能讓聽者覺得有「親和力」而不那麼有「權威感」呢？其實這是有訣竅的，關鍵就在於說話的「句子長短」。我們來做個實驗你就知道了。假設你有事要去銀行一趟，剛好辦事民眾很多，大家都抽號碼牌等叫號，這時接待人員走向你並說：「坐。」就這樣一個字，你對這名接待人員有什麼感覺？你會覺得他很有親和力嗎？應該不會吧。我們重來一次。假設這位接待人員對你說：「今天人比較多，可能要等一段時間，這裡有椅子，請先坐一下。」現在你對他有什麼感覺？是不是覺得很親切？你看，這就是句子長短的差別。現在依照這個情境，感受一下句子由短到長的親和力：

「先生，請坐。」

「先生，今天人多，您先請坐。」

「先生，今天人多，可能要等上一段時間，您先請坐。」

「先生，今天人多，可能要等上一段時間，這裡有椅子，您先請坐。」

請把每一句都唸唸看，感受一下親和力的差別，你會發現，原來「句子長短」是如此關鍵。但其實我們生活中常有這類情況，只是沒注意罷了，像是我們常嫌媽媽嘮叨，其實嘮叨就是句子講很長啊，所以雖然嫌媽媽嘮叨，但不能否認，媽媽在我們心目中是很有親和力的，有時候就是因為親和力太足夠了，我們不自覺就會跟她頂嘴。

小提醒：在進行任務時，加上情境的描述和形容詞，然後再加上一些肯定聽者的話語，並把句子拉長，就能讓聽者覺得你很有親和力，而且更有意願進行這項任務。

步驟三：有方向地解決問題

你忽然接到一個任務，要你在三天後趕到坦尚尼亞這個國家，如果你如期趕到，就可以得到十萬美元獎金，但是如果未趕到則什麼都得不到，還得自己出機票錢，大約新台幣八萬元。你有十秒的時間考慮是否接受這個挑戰，十、九、八、七、六……先別告訴我答案，我再給另外一個任務選項。

同樣要你在三天內趕到坦尚尼亞，獎勵方式也相同，不過你得到了一張指引表，它告訴你第一步先去某網站買機票，就能以最快速度買到；第二步前往機場的哪一個航廈，而且如何托運行李最快，指引表中總共列出了六個步驟，照著做就能在三天內到達坦尚尼亞。現在你一樣有十秒鐘的思考時間，十、九、八、七、六……

請問兩個選項中，哪一個選項你接受挑戰的意願更高？

就我而言絕對是選項二，而任何一個想要贏得十萬美元的人，應該都會和我有相同的選擇。

依照上述情境的邏輯，我們可以推測，不是聽者不願意參與任務，而是如果任務對他來說，就好像第一個選項沒有任何指引，卻要立刻動身到坦尚尼亞，那一定是茫然無頭緒，不知如何開始，此時不願意參與也是人之常情。換個角度看，要讓聽者願意參與課堂，就得像第二個選項那樣給指引、給步驟、給線索、給暗示，也就是讓聽者「有方向地解決問題」，說穿了，就是「降低任務的難度」，讓他們願意一直參與其中，最後從任務中學習到講者想傳達的知識。

以「零元住校任務」來看，如果我只是說：「請給我今晚安然度過的方法吧。」這樣就是沒有線索，因為範圍太大，有些同學根本不知道如何回答，最後乾脆不回答了。所以我給了兩個線索：

線索一：要零元、不花錢度過一晚的方法。

線索二：推薦我十件可以達成零元住校的物品就行。

你發現了嗎，加了兩個線索後，任務從申論題變成了填空題，他們只要給出十件物品且符合零元住校這個情境就行。由於任務變得容易，所以同學開始願意去思考，這就是讓他們「有方向地解決問題」。

小提醒：給了方向，降低了任務難度，反而提升聽者的參與意願。

步驟四：有緊扣的主題連結

你一定聽過「撒網捕魚」這四個字，但其實這只說對了一半，因為只有撒網是捕不到魚的，還少了一個步驟，那就是「收網」，所以三步驟應該是「撒網」、「收網」、「捕到魚」，以後要說「撒網收網捕魚」。

好啦，我知道我有點吹毛求疵，但我想藉由這個例子說明，前三個步驟都是在「撒網」，第四步驟是「收網」，而我們要教的重點則是「魚」。如果用這個觀點來說，當然也可以直接把魚給聽者，但他們往往沒有意識到魚的美好和價值，甚至不記得自己收過這條魚，而當他們付出努力「撒網」、也就是經歷了前三步驟時，接下來再由講者來「收網」，也就是第四步驟「有緊扣的主題連結」，如此聽者對這經由努力得來的魚才會印象深刻。

以「面試時的表達技巧」為例，當學生經過討論、給我十件「零元住校任務」的必備物品清單後，我就要來收網了。我會問：「如果我今天要住在台灣第一高峰——玉山，你們提供的十件物品依然適用嗎？我想應該不適用吧。這告訴我們，重點不是我們有什麼東西，而是我們要去的地方、它需要什麼東西，對吧？回到面試時的表達技巧，重點不是你在這三年有什麼豐富經歷，而是你去面試的這所學校想要看到什麼。現在請拿起學習單，寫上你想去面試的學校，接著寫上你覺得他們想看什麼，這部分最重要，如果不清楚可上網查詢，再仔細檢視招生簡章，或問學校老師。」你看，用「零元住校任務」來和學生一起撒網，然後收網在「仔細檢視要面試大學的需求，並以此為依據來設計自己的面試表達內容」，最後這條魚是「表達的重點在於對方想聽什麼」。透過四個步驟循環一次，學生對於這個知識點就會印象深刻。

值得一提的是，從「零元住校任務」到「收網捕魚」這整段過程，大約不超過二十分鐘，所以緊接著我會針對第二個重點（例如「內容順序如何安排最好」），再進行一次這四個步驟，然後第三個重點又會循環這四步驟。步驟是一樣的，呈現出來的樣貌卻很多元，可能是給個任務，可能是看影片、說案例、講故事、看圖片……等等，這又是奠基於吸睛三元素所設計出來的內容，統整之後如同下圖，我把它稱為「吸睛三角形」。

吸睛三角形統整了所有我上台會用到的吸睛元素，但它並不是一個要你按照順序去執行，就能有效抓住聽者注意力的概念，畢竟不管是上台表達還是教學，每一次現場遇到的情況都不同，既定步驟很難一體適用。所以，吸睛三角形讓你看到所有吸睛元素彼此是可以互補的，但不必每

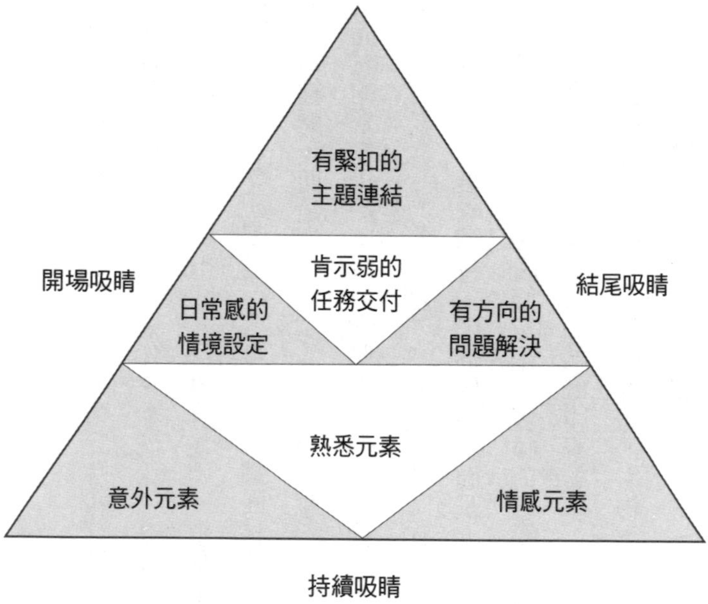

次上台都用到全部元素，可以依照不同的上台情境，選擇當下最好的吸睛元素。
當你運用吸睛三角形的次數多了，也會發展出一套最適合自己的運用方式囉。

思考時間

「把習作的五個題目寫完」，如果要把這句話改成更有親和力，你會怎麼調整呢？

18

適合運用的情境：上台不再枯燥無味

從擔任上台黏著劑角色的開場吸睛、持續吸睛和結尾吸睛，到擔任吸睛基本零件角色的意外元素、熟悉元素和情感元素，最後加上內容設計的四步驟，這些就是我平常上台會使用的吸睛方法。透過這些方法的運用，不管在演講、教學和簡報，都能達到很好的吸睛效果。

上台五十二招的運用時機對了，原有內容更加分

如果你是學校老師或企業講師，因為上台的機會很多，一定會有自己原本的內容設計，但怎麼做才能讓台下的人從頭到尾都專注在你的內容呢？你可以從開場吸睛十

招、持續吸睛三十三招和結尾吸睛九招當中選取一些方法，加到上台時的前、中、後階段，適時為你的講述內容撒上調味料，幫你的內容提味，這樣就能有效抓住聽者注意力。

舉個例子，如果你是國中生物老師，上課鐘聲響起，你一進教室，通常就是請同學翻開課本直接上課，現在你可以先進行一項任務，像是：「各位同學，等一下我會說一個專有名詞，你可以翻開課本找，誰最快找到和這專有名詞對應的圖片，就可以提早五分鐘下課。來囉，題目是『單細胞生物』！」這是開場吸睛的第七招「講義藏寶」，讓學生放下正在忙的事情，專心在接下來的課程中。

到了課程尾聲時，你可以發給每位同學一張空白的A4紙，請他們用彩色筆畫下一張圖，圖的形式不拘，也不一定是課本中出現的圖，只要表現印象最深刻的上課內容即可。等所有人都畫完後，抽籤請同學分享，或者如果時間足夠，請每位同學分享他所畫的圖和課程的連結，這會帶給所有同學更多的收穫，而這個方法就是來自結尾吸睛第八招「小畫家」。

在課程中，當老師察覺到學生因為聽講過久而開始恍神時，可以適時運用小組討論、說故事、提問互動等方法，重新抓住學生的注意力，這就是持續吸睛三十三招的運用，透過講述法和講述法以外的方法交替運用，創造快慢變化的吸睛教學節奏。

吸睛元素的運用時機對了，讓專業內容更吸睛

如果你是某個領域的專家，例如會計師、律師、髮型設計師、廚師等，你的內容非常專業也非常實用，但當你上台簡報或分享時，總是不知如何把這些專業內容讓聽者更容易吸收，所以常常碰到聽者一開始很專心聽，但沒多久就開始恍神。為什麼會這樣？就是因為內容太過專業，聽者的大腦一下子就超過負荷、無法吸收。通常在開始分享二十分鐘後，你會感覺到聽者已經和你斷了線，這時候，「意外」、「熟悉」和「情感」三個元素的運用就能幫助你上台有效吸睛。

舉個例子，如果你是經常受邀到學校、公司機關推廣法律知識的律師，你可以這樣開場：「一開始，請大家兩人一組，討論一下生活中有沒有不適合用法律的時候，也就是用了法律反而讓事情更難解決、問題變得更複雜？請大家討論一下。」這就是「意外元素」的運用，聽者以為你上台就是要講法律有多重要，沒想到你反而先討論法律在哪些時候派不上用場，這就能抓住聽者注意力。

接著，你可以就時下的新聞事件，帶領大家從法律的角度進行討論。比如說：「知名藝人的臉書遭網友留下人身攻擊的言論，藝人決定對他們提告。請問這在法律上能否告成功嗎？」由於該藝人是大家熟悉的對象，而且大多數人平常也會在網路上留言，所以這會引起聽者的興趣，而這個方式的討論就是運用「熟悉元素」，也就是用聽者熟悉的例子進行內容的包裝最能吸睛。

你還可以準備一到兩個故事和聽眾分享，帶領他們進入案主的無奈和悲傷中，同時透過法律又能如何幫自己爭取權益，這就是「情感元素」的運用。

透過三元素的運用，原本專業又有點艱澀的內容就變得很吸睛，讓聽者願意一直聽下去。

內容設計四步驟的運用時機對了，聽者參與更積極

「對主題不陌生」是運用吸睛內容設計四步驟的關鍵字。舉例來說，「人際溝通」就是一個不陌生的主題，如果內容設計得太基礎，聽者就會感到無趣；但如果設計得太艱深，聽者又會覺得和生活沒關係、用不上。面對這樣的兩難情況，最適合運

用吸睛內容設計四步驟。接下來就以「人際溝通」為主題，對象設定為二十五至三十歲的上班族，進行吸睛內容設計。

步驟一：日常感的情境設定

一開始，我想請大家幫我個忙，我朋友的老婆最近工作壓力特別大，每次一回家就抱怨同事難相處、主管在找碴、客戶不好應付。你們可以想像，每次他老婆抱怨時，心情一定也特別不好，所以他怎麼回應就變得很關鍵，因為若回應不好，可能就會被他老婆遷怒。朋友問我，到底怎麼回應最安全？

步驟二：肯示弱的任務交付

這任務不容易啊，所以我想請各位幫幫忙，如果是你會怎麼回應呢？請大家幫幫我朋友啦！

步驟三：有方向的問題解決

當然，我其實也花了無數個夜晚幫朋友想方法，我得出了兩個方向，請你們幫我選選哪個方向比較好？

方向一：聽完老婆的抱怨後，給她最中肯的建議，用旁觀者的立場提供有效的應對進退方法，並鼓勵她下次再遇到類似情況就用這個方法和對方互動。

方向二：聽完老婆抱怨後，握著她的手說：「工作辛苦了，這工作真是不容易，如果你累了，隨時可以回來，我讓你靠，我聽你說。」接著給她買杯愛喝的飲料或愛吃的晚餐，一起吃吃飯聊聊天。

你們會選擇哪一個呢？（請大家討論，並舉手投票。）

步驟四：有緊扣的主題連結

根據人際溝通大師卡內基在《卡內基教你跟誰都能做朋友》（*How to Win Friends and Influence People*）這本書提到，好的傾聽者鼓勵別人談論自己。有些情況下，多聽會比多說更讓人有好感，就像我朋友的情況，他老婆需要抒發的管道，這時就要扮演好傾聽者的角色，說太多建議反而讓對方感到不解風情，甚至生氣！好的，現在要請大家針對生活和工作中，寫下聽比說更重要的三個情境。

因為「人際溝通」是大多數人都不陌生的主題，畢竟生活中總是在溝通，所以透過吸睛內容四步驟的設計，更可以抓住聽者的注意力。以下是我從「不陌生」的角度，列出兩個很適合運用吸睛內容四步驟的情境：

一、**通識型的主題**：人際溝通、職場溝通、上台表達、簡報技巧、情緒管理、壓力調適、時間管理等都屬於通識型的主題，廣泛應用在我們的生活和工作中，你我對這類主題都有經驗，只是可能沒有運用得很透徹，但絕對說不上陌生。所以如果用一般的上台分享方式，聽者可能會覺得，講者說的內容他都知道，然後就分心了，這時候就很適合使用吸睛內容設計四步驟。

二、**有經驗的聽者**：無論是對專案經理分享「專案管理」、對資深主管分享「職場溝通」或對父母分享「親子互動」，這些聽者都是對主題有一定經驗的人，如果要對他們分享，不僅上台壓力很大，準備時也不知道該從哪種角度切入。我建議你可以把內容轉換成情境任務，善用聽者的豐富經驗，讓他們來解決任務；他們說得愈多就愈有成就感，反而會對你的分享抱持正面印象。

總結一下，如果上台者的內容已經設定好且較難進行調整，可以運用五十二招開場、持續和結尾吸睛活動，為內容增加吸睛效果；如果內容較為專業艱澀，可以運用吸睛三元素來讓聽者聽得懂、想要聽；如果分享的是聽者不陌生的主題，適合採取吸睛內容設計四步驟，讓聽者從參與解決任務的過程中達到吸睛效果。不管你遇到什麼樣的上台情境，都能找到最適合自己的方法，有效抓住聽者的注意力。

思考時間

考慮上台主題和聽者後，你覺得目前最適合自己的吸睛方法是什麼？

第三部

掌握核心概念，
吸睛效果滿分

第六章

吸睛的核心概念：聚焦

料理是我的興趣，每當工作壓力大時就會去買菜，下廚煮一頓晚餐；請注意，我說的是煮一頓晚餐，可沒說是煮一頓美味的晚餐。料理真的是我的興趣，但絕對談不上是專長，我常常喜歡實驗不同的新菜色，卻總是在挑戰我太太的味蕾。經過幾次慘痛的經驗，她現在只要見到我又要煮晚餐，一定會在我開始料理前確認菜色，接著提供許多有建設性的建議，像是「這個要加米酒去腥」、「肥肉太多了，要減半」、「記得加糖和醋，不能只有醬油」，諸如此類。

有一次，當她又進行「事前提點」時，我充滿感激地說：「你人真好，都會給我那麼多有用的建議。」老婆大人的回答非常睿智，她說：「因為等魚燒焦了，我說什麼都來不及了！」千萬不要覺得她只是不信任我，其實裡頭蘊藏了很深層的人生哲學，那就是：比起事後補救，事前預防輕鬆省事多了！

同樣地，把這道理套用到上台，如果發現聽者已經不專心、開始放空時才想要吸睛，就好像我那條燒烤焦的魚，要重新讓聽者專心真的需要高超的技巧，還得耗費許多時間和精力。因此，要在聽者很專心、還沒放空時就吸引他們的眼球，因為那時候的專注力很高，要吸睛相對簡單，但這麼重要的概念卻往往被忽略。

其實，上面一大段講的都是同一個核心概念——聚焦。是的，你沒看錯，就是「聚焦」，我真想把這兩個字大大寫滿一頁，因為我認為它是整個教學吸睛的核心概念，希望正在看這本書的你能永遠記住。這概念實在非常重要，再次提醒：

聚焦

創意思考領域的權威愛德華・狄波諾（Edward de Bono）說過：「高明的聚焦，加上一點創意技巧，很可能好過拙劣的聚焦，加上出色的創造技術。我們不應該忽視聚焦的重要性，尤其是因為培養聚焦習慣是相對容易的事。」

他的這段話給了我們一個重大啟發，就是聚焦在對的時間吸睛，事半功倍！只要聚

焦在三個時間點，搭配簡單的吸睛技巧，就能輕鬆抓住聽者注意力，達到吸睛效果了，

這三個時間點如下：

一、聚焦在教師提問前的吸睛技巧；

二、聚焦在學生實作前的吸睛技巧；

三、聚焦在播放影片前的吸睛技巧。

接著讓我一一說明。

19

聚焦在教師提問前的吸睛技巧

「教授，如果我認真上課，但學生因為耐心不足而不想聽時，該怎麼辦？」大三上「教學設計」課堂時，有位同學問了教授這個問題。教授微微一笑說：「那你應該透過提問，重新抓住學生的注意力！」這真是妙招啊。我畢業後站上講台時，時時謹記教授的這番教誨，看到學生有點躁動不安時，我就開始問問題。

提問時間不對，氣氛更低迷

但我發現，現實並不是我這個憨人想的那麼簡單，一定是當年教授傳授這招時，有些訣竅我沒聽清楚。因為當我停下教學的腳步問全班同學問題，企圖想要增進互動、重新吸睛時，赫然發現自己踩到了名為「提問」的地雷，而且往往傷得不輕。這是怎麼回事呢？讓我重現當年的教室現場：

「同學，年假剛放完，第一週上課嘛，輕鬆點，有沒有同學要分享過年去哪裡玩啊？」（三秒鐘後，一片靜默……）

「不會都沒出去玩吧！說說看嘛，輕鬆一點啊，不然小明你來說說看。」（心急之下亂槍打鳥。）

小明：「我沒出去玩耶，都在家裡打電動。」（運氣真差，亂槍打鳥失敗。）

「那還有沒有同學要說說過年去哪裡玩呢？」（三秒鐘後，一片靜默……）

「那不然我來說說我去哪玩好了。我去了屏東……」（進入自問自答的惡性循環，這在暗示同學，反正以後老師都會自己回答，同學們就沒事了。）

你看，這不就是一腳踩進自己設置的地雷裡！後來，我發現提問真的是個好方法，但總聚焦在提問後學生的回答，如果學生答不出來，我們就會想要補救，通常是亂槍打鳥點名同學回答，或者自己提槍上陣自問自答。而這兩招都有副作用，萬一指定的同學回答不出來，教室氣氛就會低迷到谷底，自己回答又像在暗示學生，反正老師會自問自答，就不用費心去想答案了。

你發現提問這一招要能產生吸睛效果的關鍵了嗎？沒錯！就是不能聚焦在提問

「後」的亡羊補牢，而要聚焦在提問「前」，提升學生願意回答的機率，也就是說，吸睛技巧要運用在提問之前。

從申論題到是非題，提升聽者回答意願

跟你分享一招聚焦在提問「前」的吸睛技巧：降低問題的難度。

「過年去哪裡玩啊？」其實是一個申論題，若要降低問題的難度，從申論題變成是非題，這樣夠簡單了吧？我來示範一下：

「同學，我們年假剛放完，第一週上課嘛，輕鬆點。我來調查一下，年假有和家人出遊的請舉手。」（有人舉手，有人沒舉手。）

「哇，今年出去玩的同學比較少喔。德鑫，你有舉手對吧，你們去哪玩啊？」

德鑫：「我們去花蓮玩了三天，還不錯喔！」

「不錯耶！和大家推薦一下你覺得最棒的部分。」

「花蓮的腳踏車專用道真的很棒，沿途的風景都很漂亮。」

「有人也去過花蓮騎腳踏車的請舉手。」（有三位同學舉手）

「小美，你也去過啊，要不要和大家分享一下？」

小美：「我是去年中秋節和朋友去的，腳踏車專用道真的很漂亮，附近還有一個私房景點喔，我和大家說……」

透過先「是非題」然後「申論題」的方式，我們聚焦在提問「前」的降低問題難度，提升學生願意回答的機率，不用為了提問後沒有學生回應的情況搞得焦頭爛額！

值得一提的是，我在「是非題」的部分還加入一些「意外」元素的調味料，一般意料之內的問法是：「來，今年過年有和家人出遊的請舉手。」這時只要稍加改變，就會有吸睛效果了，像是：「來，各位同學請把右手借給我，右手舉高，今年過年沒和家人出遊的人請把手放下，有和家人出遊的請繼續舉著，在自己居住縣市玩的請把手放下，到外縣市玩的請繼續舉著。喔，威助，今年你去哪裡玩啊？」透過這樣的方式，更能有效抓住同學的注意力喔！

聚焦在對的地方，產生超吸睛效果

我們來整理一下「降低問題難度」的步驟：

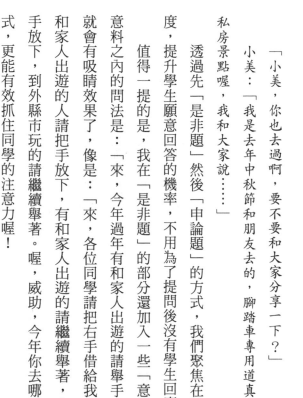

步驟一：將申論題變成是非題。（當然也可以將申論題變成選擇題。）

步驟二：從舉手的聽者中指定對象回應。（你發現了，請舉手的聽者回應時，他回應的就是申論題了。）

步驟三：從聽者的回應中再進行下一輪的是非題。（以前述的示範例子來看，我問大家也有去花蓮玩的請舉手，接著請小美回答。）

步驟四：是非題可以加入意外元素，例如請大家都先舉手。

我想再次回應狄波諾說的：「高明的聚焦，加上一點創意技巧，很可能好過拙劣的聚焦，加上出色的創造技術。」把焦點從提問後的補救和應變，變成聚焦在提問前的吸睛技巧——降低問題的難度，其實不是什麼複雜高超的技巧，但因為聚焦在對的地方，就可以產生很棒的吸睛效果。

20

聚焦在學生實作前的吸睛技巧

我經常會接受各級學校的教師研習邀請，分享「以思考入課」這樣的主題，目標是分享一些我在課堂中常用的思考型活動，讓老師們也可以在教室中運用，促進學生思考，因為我相信，思考是理解的重要催化劑。

當我在研習中示範一系列的思考活動後，我也會邀請每位老師嘗試設計思考活動，不過我發現，著手進行設計的老師並不多。我鼓勵老師們自己動手試試看，甚至有些研習場次中，我還拿出獎品要送給有設計出思考型活動的老師們，無奈的是，願意著手設計的老師寥寥無幾。

有一次的研習又是相同的情況，我終於忍不住問老師們怎麼不試試看？他們的回應讓我恍然大悟。他們說：「曾老師，你分享的思考活動很實用，我們迫不及待想回到教室運用，但你要我們設計思考活動，我們直接拿你的去用就可以了，自己要從無到有設計實在太難了！」原來老師們並不是不想設計，而是心有餘而力不足！

藉由提供線索和提示，提高聽者參與度

我踩到了聚焦在不對的地方這個陷阱。我邀請老師們進行思考活動設計後，發現他們都沒有動作，所以我運用各種吸睛技巧，包括獎品、團體互助等方法，但是效果都不好，因為我聚焦在聽者實作「後」的吸睛技巧。

後來，我改成聚焦在學生實作「前」吸睛，運用的是「給線索」、「給提示」。現在，在示範完思考活動、邀請老師們設計自己的思考活動「前」，我會先讓他們看看過去參加研習的老師所設計的經典活動，接著提供設計思考活動的三個錦囊，並放在講台上，但老師們得先自行設計思考活動，除非真的沒有方向和靈感，就打開任何一個錦囊，可以只看一個，也可以一次看完三個。透過「給線索」（經典案例）、「給提示」（三個錦囊），老師們設計思考活動的比例大幅提高，這就是聚焦在學生實作「前」的妙處。

你可能也發現了，吸睛的教學內容設計四步驟中的步驟三「有方向的問題解

決」，其實正是聚焦在學生實作「前」的教學吸睛技巧，以「零元住校任務為例」，我給的線索和提示是：一定要零元、夜宿學校和夜宿玉山是有差別的、只要十件物品即可。由此可以了解，吸睛三元素、吸睛內容設計四步驟和吸睛的核心概念（即聚焦）是環環相扣的。

21

聚焦在播放影片前的吸睛技巧

播放影片和音樂也是有效吸睛的方法，因為有聲光效果，而且從單純講述法變成由影片來傳遞信息，這就符合了意外元素。如果影片選得好，劇情很有感染力，也會符合情感元素。加上影片的題材選擇若和聽者有共鳴，如此又符合了熟悉元素。可以說，運用影片和音樂，想要不吸睛都很難啊。

有事做、起懸念，引起觀看的興趣

你是否遇過這種情形：台上正放著影片，聽者卻在看手機、聊天或放空？這時候如果暫停播放影片，然後提醒這些分心的人重新專心在影片上，那麼原本專心看影片的人就被干擾了，而那些本來就分心的人說不定在影片一開始播放後又開始分心了。

你看，影片開始播放後請聽者專注，不管是用提醒、暫停或要求，效果都不會太好，這就是聚焦在不對的地方。因此，我們要聚焦在播放影片「前」的吸睛技巧——給事做，起懸念。

第一招：給事做

以第十四節提到黃浩動浩老師播放敘利亞難民影片為例，他在播放前對學生說：「這部影片不長，我會在一分鐘左右暫停，你們要把看到的畫面記錄下來，每個人都講一個。好，影片開始囉！」黃老師讓學生做的事情是：記錄下影片播出的畫面。

以我為例，我很喜歡看歌唱比賽，也常用歌唱比賽的Youtube影片當做教學素材，其中加拿大籍華裔女歌手于文文在歌唱比賽時演唱自創曲〈心跳〉的影片，更是我在各所學校週會演講時經常播放的影片。我的每場演講人數都是三至五百人，如何讓大家能夠專心呢？我都會這樣說：「我很喜歡看歌唱比賽節目，其中又以這一集特別讓我印象深刻，現在我要播放這段影片給你們看。這首歌的前三句尤其重要，根本就是今天我要說的重點，等一下我會按暫停，請問大家這三句歌詞是什麼，要專心聽喔！」當三句歌詞唱完，我馬上按下暫停鍵並問現場同學，目的是要讓他們意識到我是真的會問。接著我又給了下一個任務，要他們找出影片中的線索，繼續按下播放鍵。如此調動，就能抓住聽者的專注力。

總結來說，影片不要一次播到底，幫聽者找點事，然後利用暫停鍵和聽者進行互動，當然，這得和主題有關！

第二招：起懸念

我很喜歡放一個三秒鐘的影片，內容講述一隻螃蟹如何一不小心就結束自己生命的極短影片，每次播放前我都會這樣說：「因為演講的關係，我每年都要看至少五百部的影片，接下來要播放的是我去年最喜歡的影片，保證你們看完難以忘記。」發現了嗎？我用「五百部影片」中「最喜歡的影片」，引起了聽者的懸念，他們會想：「哇塞，那這部影片一定很精彩！是哪一部啊？」於是就會把注意力放在影片上。

再舉個例子，有一部影片描述「生活正因為來點意外，才會精彩」，我在播放之前會說：「很多聽完我演講的學員都知道，我喜歡在演講時放影片，所以常常看到不錯的影片就會寄給我。有一天我收到一段影片，剛好是中午時間，我就邊吃便當邊看影片。看到其中一個畫面，我整個人起雞皮疙瘩，手一抖，不小心就把正夾著的雞腿掉到地上。我很生氣，因為一個便當裡沒有雞腿，怎麼可以稱為便當？於是我又去買了一盒雞腿便當。一段讓我花了兩個便當錢的影片，絕對值得你專心看完。現在，我就來放給你看。」

我用「起雞皮疙瘩」和「兩個雞腿便當」來引起學員的懸念，他們會想：「那個讓老師起雞皮疙瘩的畫面是哪一幕啊，我好想知道喔！」

總結來說，我們可以運用自己第一次看影片時的心情、遇到的狀況，來引起聽者的懸念，勾起他們想要觀看的興趣。

聚焦在前，事半功倍

在教學內容上，我們都了解事前準備的重要性，卻忽略除了內容要事前準備之外，讓學生專心也是需要事前準備的。等學生分心之後才要拉回學生的注意力，那真是難上加難！

我們太常等到聽者分心了才來想辦法，那是事倍功半；我們要有意識地聚焦在聽者還專心的時候，透過吸睛教學法讓他們更專心，包括：聚焦在老師提問「前」——

降低問題難度；聚焦在學生實作「前」——給線索、給提示；聚焦在播放影片「前」——給事做、起懸念。事實上，這三個聚焦的方向只是眾多方向的其中幾個，但因為我很常在教學中使用，所以特別提出來分享。更重要的是，我們要意識到聚焦在對的地方的重要性，如此一來，課堂上就不會有分心的學生，就像我家餐桌上現在也不會有燒焦的魚。

思考時間

請闔上本書，將眼神看向目前所在空間，從中尋找一個你認為能代表上述重點的「字」，像是「意」、「國」、「學」、「腦」等，並將此字寫在旁邊空白處，用一百字說明你的想法。

第七章

吸睛的兩大陷阱：讓吸睛技巧扮演最佳配角

能讓聽者感到驚喜，並且保持專注，是一件想來就覺得美好的事，但我們要小心，別讓驚喜變成驚喜疲乏。什麼是「驚喜疲乏」？用一句話來說就是：聽者對於你製造的驚喜已經見怪不怪！為什麼會這樣？以第十三節〈意外元素〉中的「小狗喵喵叫」為例，當我們第一次聽到小狗不是汪汪叫、而是喵喵叫時，會感到吃驚，進而抓住我們的注意力，但如果這隻小狗總是喵喵叫呢？我們是不是也就見怪不怪？這就是驚喜疲乏！

如何避免驚喜疲乏呢？關鍵在於不要把吸睛技巧當做上台分享的主角。上台的主角還是內容，吸睛技巧是最佳配角。隨著內容講述的推進，主角會一直變換，所以聽者不會疲乏，但是透過吸睛技巧這個最佳配角，聽者就能一直專注在主角上了。

22

驚喜疲乏的陷阱：別讓吸睛活動喧賓奪主

如果把吸睛元素想像成調味料，那麼調味料就是為了讓主菜更美好而存在，這就是吸睛技巧的角色定位，如左圖所示：

每一罐調味料，都是為了能讓聽者更專心聆聽接下來的內容，而我們要避免發生這樣的情況。如果調味料占據了太多時間，導致重點只能匆匆帶過，這就喧賓奪主了（參左圖）。

而且因為調味料總是占據了大多數時間，聽者慢慢地就習慣講者是一位充滿驚喜的老師，他們的胃口愈來愈大，於是講者就需要更多更高超的吸睛技巧，自然增加了備課的壓力。同時只要吸睛強度不夠大，聽者就會感到無聊，這就是中了驚喜疲乏的陷阱。那該怎麼辦呢？

一、有意識地控制調味料的時間

可以說笑話，但不要說一個長達十分鐘的笑話；可以帶活動，但不要帶一個需要耗時二十分鐘的活動。如果目的是為了讓聽者的注意力回到內容上，那麼在設計吸睛調味料時，就要問自己有沒有五至八分鐘左右的吸睛方法。控制好調味料的時間，就能達到畫龍點睛的效果。

我最常播放的吸睛影片只有三秒鐘，但效果驚人；我最喜歡用的吸睛互動方式，是請同學快速找到兩人一組，而且要站著，答對我提出的問題才能回座位，而這通常不會超過三分鐘；我喜歡找一些發人深省的圖片放給同學看，然後問他們從圖中看到什麼？對什麼感到好奇？而這通常不會超過六分鐘。我是有意識地控制時間，因為對我來說，這些都只是調味料，當我抓住學生的注意力後，主角還是教學的內容。

二、讓教學內容融入調味料中

除了有意識地控制調味料時間，還有另一種方法可以避免學生驚喜疲乏，那就是調味料本身就已經融入內容。我們當然可以放二十分鐘長的吸睛影片，但可能要在幾個重點處暫停，並透過提問也好、學習單也好、小組討論也好，延伸到教學內容的重點，如此調味料中有內容、內容中有調味料，就可以避免發生驚喜疲乏的情況。

至於如何將內容融入調味料中，吸睛內容設計四步驟是個實用的方法（參第五章），可以有效地將調味料和教學內容融合在一起。

歸納一下，教學吸睛的定位是最佳配角而不是主角，為了不捨本逐末，我們要有意識地控制調味料的時間，或將教學內容融入調味料中，如此才能避免學生發生驚喜疲乏的狀況。

思考時間

請找到一張白紙或書中的空白頁，用兩分鐘的時間隨意書寫，將〈吸睛的兩大陷阱〉這一章，你認為的重點都寫下來。

23

最佳賞味期限的陷阱：掌握「十八加五」分鐘的黃金時間

你聽過「紫牛效應」嗎？假設你開車在一條很寬敞、兩旁都是大草原的公路上，大草原上有很多牛隻在吃草。你愉快地開著車，欣賞著路邊風景，忽然看到一隻全身紫色的牛，在幾百幾千隻牛中，就只有這麼一隻紫色的牛，這時你會怎麼做？正常反應是：「天啊！牛怎麼是紫色的？停車一下。哇塞，去跟牠合照一張放到FB和IG。快快快，幫我照一張。」你會非常興奮，在這隻紫牛周圍不斷打量。但接著我要問你一個最重要的問題：「你對這隻紫牛會興奮多久？大概多久時間你就會覺得可以繼續上路了？」除非這隻紫牛會變色，不然看到新鮮事物的亢奮情緒還是會有消退的時間吧！這就是接下來要說的「最佳賞味期限」。

適時加料，抓住專注力

每次的調味料都能引起聽者的注意力，而這樣的專注時間，也就是「最佳賞味期限」有多久呢？換句話說，聽者專心多長的一段時間之後，就會開始恍神呢？

其實這沒有明確的數字，但我們可以從TED演講中找到線索。大家都知道TED演講希望講者不要講超過十八分鐘，根據策展人克里斯．安德森（Chris Anderson）的解釋：「十八分鐘已經足夠讓聽眾進入狀況，卻又不至於開始分神。」由此可知，TED認為講者「吸睛最佳賞味期限」是十八分鐘。當然，隨著教學對象、教學情境的不同，吸睛最佳賞味期限會是「十八加五」分鐘。知道這件事情對講者有什麼幫助嗎？以高中一堂課五十分鐘為例，就可以規畫出吸睛調味料和教學內容的比例（如下頁圖）。

假定高中生的「吸睛賞味期限」是二十分鐘，就可以設定兩個五分鐘的吸睛調味料。常常有很多老師會在上課一開始記得要吸睛，但也只準備了一個吸睛調味料，所以學生一開始很專心，上課到二十分鐘左右，發現學生開始分心了就慌了手腳，因為沒想到學生也是有吸睛賞味期限。

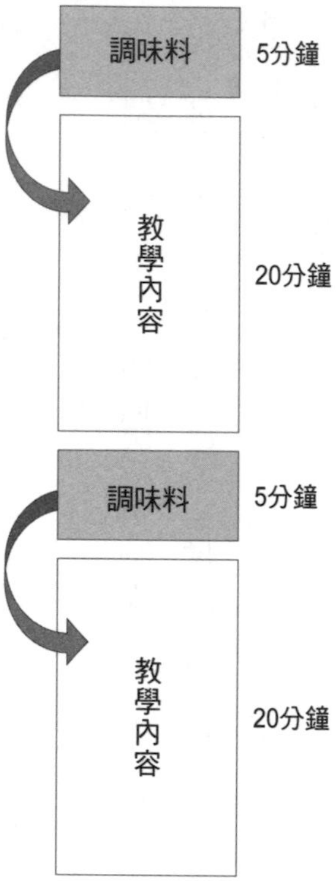

有了這個概念後，老師備課時，心裡大概有個底要預先準備多少個吸睛調味料，才能在整堂課的時間中都有效抓住學生的注意力。也就是說，除了開場吸睛之外，還要注意持續吸睛的重要性，講述法和講述法以外的吸睛三十招要互相搭配，並且掌握快慢之間的節奏。

總的來說，為了避免學生驚喜疲乏，我們要意識到吸睛技巧是配角不是主角，而要扮演好輔助的角色，首先須有意識地控制調味料的時間或將調味料和教學內容融合一起，不能為了吸睛而吸睛。接著，要知道吸睛技巧是有「最佳賞味期限」的，我們會抓「十八加五」分鐘，接著依照幾次上課觀察學生實際情況後做調整。有了賞味期限的概念，老師在教學時對於需要準備多少調味料就會心裡有數，如果撒了太多調味料而使得教學進度跟不上，這就是沒有扮演好配角的角色。或者調味料準備不夠，明明一開始學生很專注，到後期還是注意力渙散，這就很可惜了。

思考時間

為什麼運用太多吸睛方式，對講者不一定是優勢？為什麼聽者一開始很專心，聽到後來卻開始分心？為什麼不要為了吸睛而吸睛？

結語

寫在吸睛之外：我就是用不來這些吸睛技巧怎麼辦？

其實到這裡，上台時抓住聽者注意力的方法都已經寫在書中，只要善用其中的方法和概念，上台吸睛乃是意料之中：

● 從上台流程的角度：包括「開場吸睛」、「持續吸睛」、「結尾吸睛」，是讓內容被聽者吸收的最佳幫手。

● 從內容設計的角度：掌握「意外」、「熟悉」和「情感」三元素，最能抓住聽者注意力。

● 從聽者對主題是否熟悉的角度：善用「吸睛內容設計四步驟」，讓我們更有彈性地調整內容。

● 從運用時機的角度：「聚焦」的概念提醒我們，聚焦在前，就能更輕鬆地抓住聽者注意力。

● 從吸睛陷阱的角度，不要忘了內容才是主角，至於前面介紹過的吸睛技巧，則要讓它們成為最佳配角，如果比例失調了，聽者便抓不到重點。

就在我寫完本書之時，我收到了一封信，內容是這樣的：

培祐老師，我沒有帶活動的經驗和技巧，語調也比較平淡，每次我看到其他老師帶得很棒的教學活動，我就想在自己的課堂上也試試看，不過效果就是差很多。像我這樣的情況，有什麼辦法可以教學吸睛呢？

從這封信中，我感受到這位老師對於教學的用心，也感受到他的無力。來信者是一位大學講師，專業能力無庸置疑，但站上講台後才發現，專業能力＋教學技巧＝教室裡的影響力，而少了教學技巧的他正面臨著瓶頸。於是我立刻回信給這位老師：

老師您好，不會帶活動也沒關係，語調平淡也不打緊，我們依然可以抓住學生注意力，單純教學就能自帶吸睛喔，我來和你分享中間的小訣竅……

就這樣，我們信件往返了三個月，這位老師還是不會帶活動，語調依舊很平淡，但經過我們的設計，學期結束時，在滿分五分的評分中，學生給了他四．七的高分，代表學生不僅能專心上課，更覺得這堂課非常有用。當我們看到評分的那一刻，都覺得非常興奮和開心。

如果你和這位講師一樣，認為自己真的不適合帶領吸睛活動，像是十秒拍手五十下，會因為要帶這活動而前一晚會緊張到睡不著；如果你上台的情況是只能規規矩矩地講內容，不能加入一絲一毫的吸睛活動；如果你像我一樣，曾被主辦單位要求不講故事、不進行小組討論、不看影片，就是扎扎實實地講重點就行……，在這些情況下如何做到上台依然吸睛，那麼接下來的方法就是為你而寫。

從句點轉變為問號，勾起聽者好奇

二〇一九年的暑假期間，我帶著三歲大的兒子去小人國玩，當我抱著他觀賞台灣離島的縮小模型時，有位媽媽帶著兩個兒子從我們後面走過去，她邊走邊問兩個兒子：「你們知道為什麼金門叫做金門嗎？」我聽到了這個問句，就在那一刻，我的好奇心被勾起，超想知道答案（隨著他們走遠，我沒聽到答案），到底為什麼金門要叫做金門？

你發現了嗎？當我的好奇心被勾起的那一刻，我正式成為學生，而那位媽媽也成為老師。想像一下，如果那位媽媽停下腳步，繼續說明金門為什麼叫金門的原因，我一定會很專心聆聽。我們來想像一下，如果她說完第一題的答案後，立刻問第二個問題：「那你們知道去金門玩要帶什麼名產回來，朋友會覺得你很有sense嗎？」這問題一出，馬上又能勾起我的好奇心，到底帶什麼名產好呢？一般都會說金門菜刀、金門高粱，還有其他答案嗎？

哇塞！這樣一來，這位媽媽有沒有可能用三到五個提問，教完一堂金門的歷史人文單元，而且非常吸睛，因為她的提問都勾起了學員的好奇心。

將時間倒轉，如果這位媽媽是這樣介紹的：「金門的名字來自八個字：『固若金湯，雄鎮海門』，從這八個字中取兩個字，所以叫做『金門』。」當她平鋪直述地說出重點，尤其重點聽來很生硬時，有人會感興趣嗎？相信不會。沒有引起聽者好奇，要讓聽者專心就很難了！

平鋪直述、直接把內容重點交代清楚，那屬於「句號」，這種方式很難引起聽者好奇。但如果透過提問先製造懸念，讓聽者很想知道答案是什麼，這就屬於「問號」，也是讓聽者對內容感到好奇的關鍵。

如果不能運用任何前面提到的吸睛技巧，就只能讓教學內容自帶吸睛效果，關鍵就是從平鋪直述的「句號」，調整成引起好奇的「問號」。給自己一個挑戰，問問自己：我能夠為教學內容量身打造出三到五個（或是更多）提問，並透過這些提問引起學生的好奇、讓他們很想知道答案嗎？如果答案是肯定的，那麼你的教學內容就有吸睛效果了！

跨越問題設計難關，提升回應機率

不過，從句號轉變到問號有個很大的難關，就是即使問題設計完成，但聽者聽到問題後還是不感興趣。問題設計的訣竅到底是什麼呢？怎麼設計才能引起學生的好奇心，而不會又掉入另一個令學生無感的陷阱？

第六章的〈吸睛的核心概念：聚焦〉提到，要聚焦在提問之前，把申論題變成是非題或選擇題，如此才能提升聽者回答的機率。在此基礎上，接著就要帶你解密能夠引起學生好奇的問題設計法，分別是「捨『遠』求『近』的問題設計方式」和「讓問號充滿吸引力的好奇心曲線」。

●捨「遠」求「近」的問題設計方式

比較一下這兩個提問，哪一個較可能讓學生有所回應：

提問一：有人可以告訴我，表達的定義是什麼嗎？

提問二：你有上台一分鐘自我介紹的時間，如果只要掌握一件事，你的自我介紹就會讓聽者印象深刻，你覺得那件事是什麼呢？

聽者比較可能回應的是提問二，對吧？為什麼呢？因為提問一太籠統了，對他們來說太遙「遠」，那應該是專家或專門研究這個領域的人才能回答的問題。而提問二加入了「情境」，而且是聽者「熟悉」的情境，這樣就會讓他們覺得很貼「近」自己的生活，才會有共鳴、有好奇，也就增加了回應的意願。

現在來練習以下三個主題，我會提供「遠」的提問方式，而你要捨「遠」求「近」，設計出「近」的提問方式。有個小提醒，設計「近」的提問方式的訣竅，就是加入貼近聽者生活的「情境」。假設聽者是高中二年級的學生：

主題A：吃出好生活

提問一（遠）：要吃得健康，有哪些關鍵？

提問二（近）：

主題B：人際溝通技巧

提問一（遠）：你覺得溝通的訣竅是什麼？

提問二（近）：

主題C：團隊凝聚

提問一（遠）：你想提升團隊凝聚力，你會怎麼做？

提問二（近）：

有答案了嗎？讓我來公布我的想法，請你對照看看。

主題A：吃出好生活

提問一（遠）：要吃得健康，有哪些關鍵？

提問二（近）：晚餐時，餐桌上有什麼料理可以讓你每天看起來氣色更紅潤？

主題B：人際溝通技巧

提問一（遠）：你覺得溝通的訣竅是什麼？

提問二（近）：如果你想讀美術相關科系，但是家人反對，你覺得如何溝通能降低他們的反對意願？

主題C：團隊凝聚

提問一（遠）：你想提升團隊凝聚力，你會怎麼做？

提問二（近）：未來上大學，你在學校住宿，希望室友之間互相幫忙，而不是漠不關心，你覺得怎麼做可以達成你的期望？

因為對象是高二學生，如果我問的是「每天晚餐時，餐桌上有什麼料理可以幫助你排便順暢？」，這問題雖然也是「近」的問題，但在情境方面就少了「熟悉」感，因為比起排便順暢，高中生更在意自己臉色是否紅潤迷人。所以，當你設計的內容是聽者在意且熟悉的情境時，你的提問就能引起他們的興趣，進而增加回答的意願。

小結一下，要設計讓聽者有興趣回答的提問，第一招叫做捨「遠」求「近」，也就是不要問對聽者來說很籠統的問題；我們可以透過「情境塑造」的設計，問出聽者「熟悉」、「在意」的問題，這樣就能提升聽者回應的意願了。

●讓提問充滿吸引力的好奇心曲線

想像一下，你和朋友去喝下午茶，然後你說「我和你說件事……」，這時你朋友可能還百無聊賴地攪拌著咖啡，然後回說「嗯……」。到目前為止，他對你要說的內容不感興趣，於是你繼續說：「我們大學時期的同班同學，就是那個阿美，你還記得吧，聽說她去參加職棒啦啦隊的選拔耶。還有一件更勁爆的事，阿美去參加選拔時，你猜遇到了誰？她也去參加選拔喔，我們也都認識！」

好的，你說到這裡，請問你朋友接下來會做何反應？除非他正在忙一件很重要的事，否則他一定停止攪拌咖啡，然後問：「誰啊？阿美遇到誰？天啊，阿美好酷喔，去參加啦啦隊選拔耶。」你看，此時他的好奇心完全被你挑起，注意力都在你丟的問題上了。

這就像追劇，當你一集都還沒看的時候，你並不會對內容感到好奇。但是當你看了三集之後，就會很想知道接下來的劇情發展，你完全被吸引了。當你看完整齣戲，了解男女主角最後的結局時，好奇心又慢慢減退，因為內容分享的多寡影響了好奇心的高低，這就叫做「好奇心曲線」，如下圖所示。

當你對朋友說「我和你說件事」，那是在「點1」的位置，因為內容揭露的還不夠多，所以還沒有引起朋友足夠的好奇心；當你說「我們大學時期的同班同學，就是那個阿美……」，這時隨著內容揭露的訊息愈來愈多，就來到了「點2」的位置，你朋友的好奇心此刻在最高點。關鍵就在這時候，你必須丟出問題，朋友就會想知

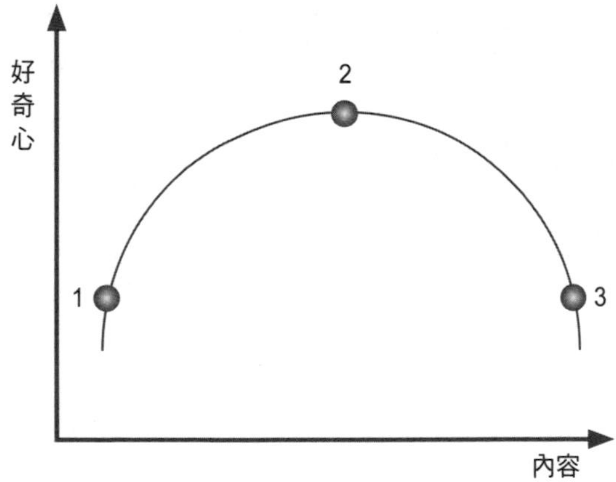

道答案了，就好像「你猜阿美去參加選拔時遇到了誰？」，或是看劇到每集最後時刻意設下的伏筆，要你繼續看下一集，接著當你說出阿美遇到了誰，或是劇情來到完結篇，當內容揭露完畢，好奇心就會再度下降，就來到「點3」。

好奇心曲線圖給了我們什麼啟發呢？那就是提問要設在「點2」的位置，不要一開始就急著丟問題，先揭露一部分內容，然後才提出問題，這樣最能讓聽者注意到你的提問。

我常在演講中穿插一個「倒數十秒」的活動，在我倒數的過程中歡迎聽者舉手，我就會因這位聽者而暫停，此時聽者可以分享聽講的收穫、疑問，或連結到工作和生活中的反思。剛開始在演講中進行這項活動時，舉手的人寥寥無幾，但為了提高聽者的意願，依照好奇心曲線，每次我要開始倒數十秒時，都會先說一個故事：

「兩年前，我曾到北部某知名大學的研究所分享，講到一個段落，我也像今天一樣，要進行倒數十秒的活動。才剛數秒就有一個同學舉手了，當下我非常開心，想說今天演講效果不錯，一開始就有人舉手，我立刻把麥克風遞給他，沒想到他就這樣拿著麥克風安靜了快兩分鐘，現場一片沉默。我正感尷尬時，他開口了：『老師，我可以坐下嗎？』我回答他：『當然可以，但你都舉手了，真的不講點什麼嗎？心得和收穫都可以喔！』該名同學又沉默了近三十秒，說了句『謝謝』後坐下，就把麥克風還給我了。正當我覺得有點沮喪時，看到一位女老師臉上掛著兩行淚水，我心裡一驚連忙問：『老師，怎麼了嗎？還好嗎？』老師說：『這是我四年來第一次聽到那位同學的聲音。』原來剛剛舉手的同學極度不喜歡說話，他寧願在小組報告中擔任文書作業，也不願上台報告，上課從不發言，老師點名他說話，他也總是默默站著，沒想到竟然在今天主動舉手。這樣一想，他開口說了話，反而讓我覺得很感動。」

注意了，故事說到這就是好奇心曲線的最高點，所以這時我會丟出一個問題：「你們知道那位同學明明近四年來都不願開口說一句話，為何會在那場演講願意舉手發言？」這時很多聽者都會聚精會神地聽，想知道答案。這是抓住注意力曲線最高點的時刻，「與其我直接告訴你們答案，不如自己體會一下，等一下我也會倒數十秒，你可以任何一秒時舉手，如果連一位原本不敢說話的同學都舉手了，你們一定也做得到。等倒數十秒結束後，或許願意舉手分享的人心裡已經知道答案。來囉，十、九、八、七……」

自從加入這個故事後，願意在倒數十秒舉手分享的聽者變多了，在聽者好奇心最高的時刻，「提問題」、「給任務」最能持續抓住聽者注意力。

就像你看到這裡一定也感到好奇，那位同學近四年沒說過一句話，甚至應該說在整個求學十幾年來幾乎不曾說話，為什麼會在那場演講中願意在眾人面前舉手分享呢（雖然說的話也不多啦）？我要來公布答案了（準備進行到注意力曲線的點3位置），從他在回饋單上寫的內容來看，那天我演講時提到「職場價值=專業能力－溝通成本」，這句話打動了他。該校是台灣排名數一數二的學校，學生也都是未來很有競爭力的人才，這場演講讓他意識到：光有專業能力是不夠的，如果因為害怕表達而始終不說話，終究會在職場上吃虧，那求學時期的好成績就白費了，所以從那一刻起，他打算讓自己開始練習在眾人面前表達。這就是原因，我相信你看完之後一定會有「喔！」的反應，而因為知道答案了，對這件事的注意力就慢慢消退。因此，透過這個演講案例，你就能了解到注意力曲線在演講中的運作方式。

● 老師要有自己的人物設定

以二〇二〇年來說，要吸引國三學生的注意，是要聊「鬼滅之刃」還是「七龍珠」呢？答案當然是「鬼滅之刃」了，對吧？因為這是貼近學生生活的話題。許多老師會將時下流行事物融入教學中，當做聊天的素材、內容的案例、吸睛的元素。我深深佩服願意不斷吸收時下流行、和學生貼近的老師們，但也必須承認，有些時候搜集或了解時下的流行，對我們來說漸漸感到吃力，除了時間不夠用之外，更多的是我們對學生流行的東西其實不感興趣，這也很合理啊，每個世代都有不同的流行！

寫到這裡，出現兩個問題：

問題一：不用時下流行的明星、漫畫、偶像劇，依然可以讓教學吸睛嗎？

問題二：不用這些元素時，還可以運用什麼元素來讓教學吸睛？

問題一其實和問題二息息相關，我的答案是：你的興趣，你真正的興趣，也就是花了許多時間研究和投入的興趣。例如我的興趣是「吃」，所以我常用炒飯、麻醬麵、水餃、烹煮方法、食材等元素導入課程中，依然能達到很好的吸睛效果。

舉例來說，我常和國高中同學分享「上台表達技巧」，我都會強調一個重點：表達技巧很重要，但內容不夠扎實，表達技巧也沒辦法幫忙加太多分。接著我會用「食材」來比喻：「看到許多美食紀錄片，大廚們在煎牛排時候都會說，如果牛肉本身夠高級，只要海鹽和胡椒調味就很好吃，但前提是，牛肉要夠高級，這有三個重點，包括油花分布均勻、肥瘦比例適中、有彈性。而你要上台表達的內容就像牛肉一樣，只要把它調整成高級牛肉，就算是平鋪直述，也能讓聽者印象深刻。好的牛肉有三大重點，好的內容也有三大重點，等一下我們就依此來調整內容……。」

「食材」並不是時下流行的元素，但那是我鑽研多年的興趣，只要是你花許多時間研究的，一定能說出同學平時不會聽到的論點，而這就能讓他們感到新奇，進而抓住他們的注意力。既能把時間花在自己感興趣的事物上，又能抓住學生注意力，這不是一舉兩得？

由於我每次上課都是以「食物」當做吸睛的素材，慢慢地，學生就對我的印象很鮮明，逐漸形成一種默契，上課到一半，只要我秀出一張食物圖片或分享自己去哪裡吃美食的故事，大家都會會心一笑。這種會心一笑，就是吸睛最好的表現，同時這也建立了你的人物設定，同學反而會期待你什麼時候又要分享和「食物」有關的事情。

因此，教學吸睛不一定要跟進時下流行，可以從自己的興趣結合，這依然會讓學生感到新奇，也能減輕老師們不小的備課壓力，還可以創造出鮮明的個人特色，「啊……培祐老師來了，好期待今天上課，會在哪一段出現食物呢？」當學生有這樣的反應時，你的人物設定就完成了，也就從追逐流行中解脫了。

給用不來本書所有吸睛技巧的你

如果你覺得前述所有內容都不適合，不要氣餒，或許你的上台情境、個人特質不適用上台吸睛的技巧，那就讓內容自帶吸睛效果就好，把內容從句號變問號，引起聽者的好奇心，並且運用捨「遠」求「近」和好奇心曲線等提問方法，提升聽者被提問勾起好奇的機會，這依然可以很吸睛的。

幾年前，我在一家公司進行課程，空檔時，該公司負責課程邀約的專員Joseph跑來跟我說：「老師，我們主管說不用小組討論，也不用上台分享，你就把所有重點講出來，讓同仁能聽多一點最重要！」在那個當下我就知道，原本準備好和講述法搭配的吸睛方法都無用武之地，主管希望我把每一分每一秒都用來講重點。從主管的角度來看，這才是時間的價值最大化，但對教學者來說，一直講述是很容易讓聽者分心的，反而浪費更多時間。但在那個當下，我能怎麼辦呢？我果斷捨棄了所有吸睛活動，純粹讓內容自帶吸睛效果，把所有重點都變成提問，再加入捨「遠」求「近」和好奇心曲線等提問訣竅，雖然只是單純地講述，依然緊緊抓著聽者的注意力。而該名主管也從頭聽到尾，頻頻抄寫筆記。培訓課程結束，學員的滿意度都不錯，後續在工作中也都能運用當天所學。

可以說，在那天限制重重的情況下，讓內容自帶吸睛效果的方法幫了我大忙，而這個方法也讓寄信給我的大學講師得到了學生四．七的高評分，希望在你上台時同樣能助你一臂之力！

極度吸睛

上台不冷場，重量級講師教你的精準說話課

作　　者 —— 曾培祐

副 主 編 —— 陳懿文
內頁設計編排 —— 陳春惠
封面設計 —— 萬勝安
行銷企劃 —— 鍾曼靈
出版一部總編輯暨總監 —— 王明雪

發 行 人 —— 王榮文
出版發行 —— 遠流出版事業股份有限公司
地址：104005 台北市中山北路一段11號13樓
電話：（02）2571-0297　傳真：（02）2571-0197　郵撥：0189456-1
著作權顧問 —— 蕭雄淋律師

2021年 5 月 1 日　初版一刷
2023年12月20日　初版六刷
定價 —— 新台幣380 元（缺頁或破損的書，請寄回更換）

ISBN 978-957-32-9082-7

YLib 遠流博識網　http://www.ylib.com
E-mail:ylib@ylib.com
遠流粉絲團　https://www.facebook.com/ylibfans

國家圖書館出版品預行編目（CIP）資料

極度吸睛：上台不冷場，重量級講師教你的精準說話課
/ 曾培祐著 . -- 初版 . -- 臺北市 : 遠流出版事業股份有限公司 , 2021.05
面；　公分

ISBN 978-957-32-9082-7(平裝)

1. 演說術

811.9　　110005349